传承中华文化精髓

建构国人精神家园

千家诗

[南宋]谢枋得/编　吴兆基/注译

天地出版社 TIANDI PRESS

图书在版编目（CIP）数据

千家诗 /（南宋）谢枋得编；吴兆基注译. —成都：天地出版社，2021.10
（中华优秀传统文化经典随身读）
ISBN 978-7-5455-5975-0

Ⅰ.①千… Ⅱ.①谢… ②吴… Ⅲ.① 古典诗歌-诗集-中国-青少年读物 Ⅳ.①I222.72

中国版本图书馆CIP数据核字（2020）第187529号

QIAN JIA SHI
千家诗

出 品 人	杨　政
编　　者	[南宋]谢枋得
注　　译	吴兆基
责任编辑	陈文龙　赵雪娇
装帧设计	挺有文化
责任印制	王学锋
出版发行	天地出版社 （成都市槐树街2号 邮政编码：610014） （北京市方庄芳群园3区3号 邮政编码：100078）
网　　址	http://www.tiandiph.com
电子邮箱	tianditg@163.com
经　　销	新华文轩出版传媒股份有限公司
印　　刷	河北鹏润印刷有限公司
版　　次	2021年10月第1版
印　　次	2021年10月第1次印刷
开　　本	830mm×1110mm 1/32
印　　张	9.25
字　　数	260千字
定　　价	32.80元
书　　号	ISBN 978-7-5455-5975-0

版权所有◆违者必究

咨询电话：(028) 87734639（总编室）
购书热线：(010) 67693207（营销中心）

如有印装错误，请与本社联系调换。

出版说明

中华民族历史悠久,源远流长。五千年的中华文明光辉灿烂,硕果累累,对后世产生了积极而深远的影响。作为华夏儿女,这是值得我们每一个人骄傲和自豪的。

中华优秀传统文化,是中华民族语言习惯、文化传统、思想观念、情感认同的集中体现,凝聚着中华民族普遍认同和广泛接受的道德规范、思想品格和价值取向,具有极为丰富的思想内涵。

习近平总书记指出,"中华优秀传统文化是我们最深厚的文化软实力,也是中国特色社会主义植根的文化沃土"。中华优秀传统文化,滋养了中华民族的民族精神,赋予了中华民族伟大的生命力和凝聚力,是中华文明成果的创造力源泉。继承和发展中华优秀传统文化,学习、掌握其中的各种思想精华,不仅对我们树立正确的世界观、人生观、价值观大有裨益,而且对我们处理各种社会事务也能提供有益的启发和指导。

为弘扬中华优秀传统文化，满足广大读者对优秀传统文化的阅读需求，我们编选了这套"中华优秀传统文化经典随身读"丛书。本丛书汇集经典的中华优秀传统文化名著，选目范围包括文学、历史、哲学、军事、教育等等，基本涵盖了传统文化的各个类别。

　　为便于广大读者对传统经典的学习和吸收，我们在编选过程中对古文原文采取了注释和翻译等处理方式，以消除阅读中的障碍。希望通过这套丛书，能让广大的读者对中华优秀传统文化有一个更好的认识和理解，在传承和发扬中华优秀传统文化的同时，也能使个体获得启迪和教益。

前 言

　　《千家诗》是我国古时一部带有启蒙性质的诗集。此书所录诗作作者范围非常广泛，从帝王将相到和尚、牧童、无名氏，不论门第高低、名气大小，只凭作品质量符合标准。从内容上看，大都浅近易懂，流畅自然，朗朗上口，易读易记。

　　《千家诗》广为流传，影响很大，受益者众，和清代的蘅塘退士编选的《唐诗三百首》并称诗苑"双璧"。

　　本书编排严谨，校点精当，并配以精美的插图，以达到图文并茂、生动形象的效果。此外，本书版式新颖、设计考究、双色印刷、装帧精美，除供广大读者阅读欣赏外，还具有研究、收藏价值。

目　录

春日偶成	001	绝　句	019
春　日	002	海　棠	020
春　宵	003	清　明	021
城东早春	004	清　明	022
春　夜	006	社　日	023
初春小雨	007	寒　食	024
元　日	008	江南春	026
上元侍宴	009	上高侍郎	027
立春偶成	010	绝　句	028
打球图	012	游园不值	030
宫　词	013	客中行	031
廷试	014	题　屏	032
咏华清宫	015	漫　兴（其五）	033
清平调词	016	庆全庵桃花	035
题邸间壁	018	玄都观桃花	036

再游玄都观 ⋯⋯⋯⋯ 037	即　景 ⋯⋯⋯⋯⋯⋯ 066
滁州西涧 ⋯⋯⋯⋯⋯ 039	初夏游张园 ⋯⋯⋯⋯ 067
花　影 ⋯⋯⋯⋯⋯⋯ 040	鄂州南楼书事 ⋯⋯⋯ 069
北　山 ⋯⋯⋯⋯⋯⋯ 041	山亭夏日 ⋯⋯⋯⋯⋯ 070
湖　上 ⋯⋯⋯⋯⋯⋯ 043	田　家 ⋯⋯⋯⋯⋯⋯ 071
漫　兴（其七） ⋯⋯ 044	村居即事 ⋯⋯⋯⋯⋯ 073
春　晴 ⋯⋯⋯⋯⋯⋯ 045	题榴花 ⋯⋯⋯⋯⋯⋯ 074
春　暮 ⋯⋯⋯⋯⋯⋯ 046	村　晚 ⋯⋯⋯⋯⋯⋯ 075
落　花 ⋯⋯⋯⋯⋯⋯ 048	书湖阴先生壁 ⋯⋯⋯ 077
春暮游小园 ⋯⋯⋯⋯ 049	乌衣巷 ⋯⋯⋯⋯⋯⋯ 078
莺　梭 ⋯⋯⋯⋯⋯⋯ 050	送元二使安西 ⋯⋯⋯ 080
暮春即事 ⋯⋯⋯⋯⋯ 051	题北榭碑 ⋯⋯⋯⋯⋯ 081
登　山 ⋯⋯⋯⋯⋯⋯ 053	题淮南寺 ⋯⋯⋯⋯⋯ 082
蚕妇吟 ⋯⋯⋯⋯⋯⋯ 054	秋　月 ⋯⋯⋯⋯⋯⋯ 084
晚　春 ⋯⋯⋯⋯⋯⋯ 055	七　夕 ⋯⋯⋯⋯⋯⋯ 085
伤　春 ⋯⋯⋯⋯⋯⋯ 057	立　秋 ⋯⋯⋯⋯⋯⋯ 086
送　春 ⋯⋯⋯⋯⋯⋯ 058	秋　夕 ⋯⋯⋯⋯⋯⋯ 088
三月晦日送春 ⋯⋯⋯ 059	中秋月 ⋯⋯⋯⋯⋯⋯ 089
客中初夏 ⋯⋯⋯⋯⋯ 061	江楼有感 ⋯⋯⋯⋯⋯ 090
有　约 ⋯⋯⋯⋯⋯⋯ 062	题临安邸 ⋯⋯⋯⋯⋯ 092
闲居初夏午睡起 ⋯⋯ 063	晓出净慈寺送林子方 ⋯ 093
三衢道中 ⋯⋯⋯⋯⋯ 065	饮湖上初晴后雨 ⋯⋯ 094

入　直 …… 096	和贾舍人早朝 …… 124
夏日登车盖亭 …… 097	上元应制 …… 125
直玉堂作 …… 098	上元应制 …… 127
竹　楼 …… 099	侍　宴 …… 128
直中书省 …… 101	答丁元珍 …… 129
观书有感 …… 102	插花吟 …… 131
泛　舟 …… 103	寓　意 …… 132
冷泉亭 …… 105	清　明 …… 133
冬　景 …… 106	清　明 …… 135
枫桥夜泊 …… 107	郊行即事 …… 136
寒　夜 …… 109	秋　千 …… 137
霜　夜 …… 110	曲江（其一） …… 139
梅 …… 111	曲江（其二） …… 140
早　春 …… 112	黄鹤楼 …… 141
雪　梅（其一） …… 114	旅　怀 …… 143
雪　梅（其二） …… 115	答李儋元锡 …… 144
答钟弱翁 …… 116	江　村 …… 145
泊秦淮 …… 117	夏　日 …… 147
归　雁 …… 119	辋川积雨 …… 148
早朝大明宫 …… 120	新　竹 …… 150
和贾舍人早朝 …… 121	偶　成 …… 151
和贾舍人早朝 …… 123	秋　兴（其一） …… 153

秋 兴（其三）…… 154	观永乐公主入蕃 …… 183
秋 兴（其五）…… 155	春 怨 …… 185
秋 兴（其七）…… 157	左掖梨花 …… 186
月夜舟中 …… 158	思君恩 …… 187
新 秋 …… 160	题袁氏别业 …… 188
中 秋 …… 161	夜送赵纵 …… 190
九日蓝田会饮 …… 162	竹里馆 …… 191
秋 思 …… 164	送朱大入秦 …… 192
与朱山人 …… 165	长干行 …… 193
闻 笛 …… 166	咏 史 …… 194
冬 景 …… 168	罢相作 …… 196
冬 至 …… 169	逢侠者 …… 197
送毛伯温 …… 171	江行望匡庐 …… 198
梅 花 …… 172	答李浣 …… 199
左迁至蓝关示侄孙湘 … 173	秋风引 …… 201
干 戈 …… 175	秋夜寄丘员外 …… 202
归 隐 …… 176	秋 日 …… 203
春 晓 …… 177	秋日湖上 …… 204
送郭司仓 …… 178	宫中题 …… 205
洛阳道 …… 180	寻隐者不遇 …… 207
独坐敬亭山 …… 181	汾上惊秋 …… 208
登鹳雀楼 …… 182	蜀道后期 …… 209

静夜思 …………… 210	春宿左省 …………… 238
秋浦歌 …………… 212	题玄武禅师屋壁 …… 239
赠乔侍御 ………… 213	终南山 ……………… 241
答武陵太守 ……… 214	寄左省杜拾遗 ……… 242
行军九日思长安故园 … 216	登总持阁 …………… 243
婕妤怨 …………… 217	登兖州城楼 ………… 245
题竹林寺 ………… 218	送杜少府之任蜀州 … 246
三闾庙 …………… 219	送崔融 ……………… 247
易水送别 ………… 220	扈从登封途中作 …… 249
别卢秦卿 ………… 222	题义公禅房 ………… 250
答　人 …………… 223	醉后赠张九旭 ……… 251
幸蜀回至剑门 …… 224	玉台观 ……………… 252
和晋陵陆丞早春游望 … 226	观李固请司马弟山水图 … 253
蓬莱三殿侍宴 奉敕咏终南山 …… 227	旅夜书怀 …………… 255
春夜别友人 ……… 228	登岳阳楼 …………… 256
长宁公主东庄侍宴 … 229	江南旅情 …………… 257
恩赐丽正殿书院赐宴 应制得林字 ……… 231	宿龙兴寺 …………… 258
	题破山寺后禅院 …… 259
送友人 …………… 232	题松汀驿 …………… 261
送友人入蜀 ……… 234	圣果寺 ……………… 262
次北固山下 ……… 235	野　望 ……………… 263
苏氏别业 ………… 237	送别崔著作东征 …… 264

携妓纳凉晚际遇雨
（其一） …… 266

携妓纳凉晚际遇雨
（其二） …… 267

宿云门寺阁 …… 268

秋登宣城谢朓北楼 …… 269

望洞庭湖赠张丞相 …… 270

过香积寺 …… 272

送郑侍御谪闽中 …… 273

秦州杂诗 …… 274

禹　庙 …… 276

望秦川 …… 277

同王征君洞庭有怀 …… 278

渡扬子江 …… 279

幽州夜吟 …… 280

春日偶成[1]

程 颢

云淡风轻近午天[2],傍花随柳过前川。
时人[3]不识余[4]心乐,将谓[5]偷闲学少年。

【注释】

〔1〕偶成:偶然写成,意为即兴而作。〔2〕午天:中午,正午。〔3〕时人:周围的人。〔4〕余:我。〔5〕将谓:以为。

【译文】

时近中午,清风徐徐,白云疏淡,沿着花丛和柳林间的小路,我信步到河边。周围的人不懂我悠游的快乐,以为我忙里偷

闲学那些无所事事的少年。

【赏析】

这首诗最大的特点是情景交融。朗朗春日,时近晌午,清风、白云、红花、绿柳,春意盎然,意趣油然而生。作者自得其乐,悠然信步于花丛柳林之间,闲适、恬静之情溢于言表。诗句朴实,清新自然。

春 日

朱熹

胜日寻芳[1]泗水[2]滨,无边光景一时新。
等闲[3]识得东风[4]面,万紫千红总是春。

【注释】

[1]寻芳:春游踏青。[2]泗水:河名,在今山东境内。[3]等闲:寻常,到处。[4]东风:春风。

【译文】

春光明媚的日子我来到泗水之滨踏青,看不尽的风光景物一时间使大地焕然一新。随处可见春风带来的春天的神韵,到处都是姹紫嫣红的春日景象。

【赏析】

"寻芳"二字开篇即点明此为踏青出游之作。第二句紧承上文描写春景,围绕一个"新"字勾勒出一幅春回大地、万物勃发的图画。春天万物复苏、万象更新的景象跃然纸上,让人为之一振。三、四两句表面写在春风吹拂下,百花争艳,姹紫嫣红,美不胜收;实则比喻做学问只要能掌握要领,解决问题就会得心应手,游刃有余。这两句既表现了春的绚丽多姿,又蕴含哲理,耐人寻味,是千百年来脍炙人口的警句。

春 宵

苏 轼

春宵[1]一刻值千金,花有清香月有阴。
歌管[2]楼台声细细,秋千院落夜沉沉[3]。

【注释】

〔1〕春宵：春夜。〔2〕歌管：歌声和管乐器声。〔3〕夜沉沉：夜已很深。

【译文】

春夜的大好时光多可贵，花儿散发清香，明月映照倒影。远处楼台传来轻柔的歌声和管乐之声，院中的秋千停荡，夜幕沉沉。

【赏析】

诗中首句为世人所传吟。春宵一刻能值千金之价，极言春夜的可贵。百花飘香、月色宜人，暗示人要珍惜时光，大干一番。"细细"，写出歌声和管乐器声之轻柔；"沉沉"，写出夜漏声之迟缓，衬托时光在欢乐中游移的意境。后两句讥讽那些虚度光阴、沉迷声色的人。全诗含蓄、委婉，构思精巧。

城东早春

杨巨源

诗家清景[1]在新春，绿柳才黄半[2]未匀[3]。
若待上林[4]花似锦，出门俱是[5]看花人。

【注释】

〔1〕清景：清秀美丽的景色。〔2〕半：大半。〔3〕匀：

匀称。〔4〕上林：上林苑，古代皇家园林，故址在今陕西西安。〔5〕俱是：全是。

【译文】

早春清新秀美的景色正是诗家所爱，柳树才抽嫩芽，黄绿不均。假如等到上林苑处处繁花似锦，走出家门便都是熙熙攘攘的看花人。

【赏析】

诗人早春出游长安东城，见景色有感而作。这首诗是借物言志的讽喻诗。初春的嫩芽细柳，朝气蓬勃，生机无限，蕴含强大的生命力，喻指尚未崭露头角的人才。诗人希望朝廷能像伯乐一样，善于发现人才，悉心培养人才。

春 夜

王安石

金炉[1]香烬[2]漏声残,剪剪[3]轻风阵阵寒。
春色恼[4]人眠不得,月移花影上栏杆。

【注释】

〔1〕金炉:铜制的香炉。〔2〕香烬:香料燃尽时的灰烬。〔3〕剪剪:形容春风轻微。〔4〕恼:惹,撩拨。

【译文】

看着香炉中的香烧成灰烬,静听计时滴漏之声,一缕缕微风吹来,使人感到阵阵凉意。春色撩拨得人不能入睡,只见月儿西移,映出栏杆上斑斑花影。

【赏析】

这首诗又名《夜值》,是诗人春夜当班值守时有感而发之作,描述了诗人政治改革失败后的"恼人"心情。诗的前两句借景状物,以"金炉""香烬""漏声""轻风"衬托"眠不得",从多个侧面表现作者寂寞无奈的心境。诗意由内到外,以景寓情,情景交融。明代胡应麟《诗薮》评价"金炉香烬漏声残"句时说"宋绝句共称者"。

初春小雨

韩 愈

天街[1]小雨润如酥[2],草色遥看近却无。
最是一年春好处,绝胜[3]烟柳[4]满皇都。

【注释】

〔1〕天街:京城的大街。〔2〕酥:比喻小雨的润泽。〔3〕绝胜:远远超过。〔4〕烟柳:郁郁葱葱的垂柳。

【译文】

小雨绵绵,浸润着京城的街道,好像给街道抹了层薄薄的酥油;远看草色如绿茵,近看却看不到草在哪里。这是一年春光中最美好的时刻,绝对胜过京城翠柳如烟的暮春时节。

【赏析】

本诗又名《早春呈水部张十八员外》。诗人以饱满的激情盛赞小雨,于小中见大,于景中寓理寓情。开头把"小雨"比喻为酥油,甘滑、润泽,"草色遥看近却无"抓住了早春的景物特点,草色若隐若现,似有却无。最后归结为"一年春好处",此时要远远胜过翠柳如烟的暮春。笔法细腻而诗意绵绵,小中见大而清新感人。

元 日

王安石

爆竹声中一岁除,春风送暖入屠苏[1]。
千门万户曈曈[2]日,总把新桃[3]换旧符。

【注释】

[1]屠苏:酒名,用屠苏草、肉桂、山椒、白术等草药浸酿而成,古时有农历正月初一饮屠苏酒避瘟疫的风俗。[2]曈(tóng)曈:太阳初升光亮的样子。[3]桃:桃符,过年时家家都把两块桃木板悬挂于门旁,上画神像,以驱鬼避邪。

【译文】

在爆竹声中,人们除旧迎新。春风送来融融暖意,人们畅饮屠苏酒互相祝福。初升的红日照亮了千家万户,大家都忙着用

新桃符换下旧桃符。

【赏析】

　　这首诗借写旧时民间欢庆新年的习俗，抒发了作者立志改革的坚定信念和豪迈情怀。前两句描写人们在热闹的爆竹声中辞旧迎新的情景，人们喝着吉祥美酒庆贺新年的万象更新。诗中用"爆竹""春风""屠苏"着意刻画春节期间的喜庆气氛，并用"新桃""旧符"的变更渲染一种辞旧迎新的氛围，揭示了新生事物必将战胜旧事物的自然规律。全诗喜气洋洋，富有浓郁的生活气息。

上元[1]侍宴

苏　轼

淡月疏星绕建章[2]，仙风[3]吹下御炉[4]香。
侍臣鹄立[5]通明殿[6]，一朵红云[7]捧玉皇。

【注释】

　　[1]上元：节日名，也叫元宵节，指农历正月十五。[2]建章：汉代宫殿名，这里指北宋的皇宫。[3]仙风：来自天上的清风。[4]御炉：皇帝用的香炉。[5]鹄立：像天鹅那样立着。[6]通明殿：传说中玉皇大帝的宫殿，这里指皇帝临朝大殿。[7]红云：比喻烛光映照下众臣所穿的红色衣袍。

【译文】

月光如水,星光稀疏,照耀着皇宫,阵阵的清风吹来御炉中的熏香味。文武百官天鹅般肃立在宫殿,在烛光的映衬下,他们身着的红袍像一朵红云簇拥着高高在上的天子。

【赏析】

旧时以农历正月十五为上元节,又称"元宵节",此夜朝野上下皆欢聚庆贺。这首诗通过描写上元节皇帝宴群臣这一场景,着力表现旧时皇帝高高在上的威严,同时也讴歌了太平盛世之景。诗的前两句写天空、皇宫;后两句写群臣如众星捧月般簇拥着皇帝,场面庄严肃穆、典雅隆重,尽显皇室的雍容华贵。

立春偶成

张栻

律回[1]岁晚冰霜少,春到人间草木知。
便觉眼前生意[2]满[3],东风吹水绿参差[4]。

【注释】

〔1〕律回:节令回转,这里指春回大地。古人认为律属阳,吕属阴,一年中,律、吕各代表六个月。〔2〕生意:生机,活力。〔3〕满:遍布。〔4〕参差:错落的样子,这里指风吹水面所产生的波纹。

【译文】

春回大地,冰霜正在消融,草木知春,开始萌发绿意。一瞬间就感觉到大地生机勃勃,春风拂过水面,荡漾起层层碧绿的波纹。

【赏析】

立春是一年的开始,诗人抓住冬去春来景物变化的特点,生动形象地描绘了冰雪消融、草木滋生的动人情景。诗人用拟人手法,一个"知"字便使读者顿时豁然开朗。看那碧波荡漾的春水、生机勃勃的春草,无不触发人们美好的想象,全诗洋溢着作者积极乐观的精神。

打球图

晁说之

阊阖[1]千门万户开,三郎[2]沉醉打球回。
九龄[3]已老韩休死,无复明朝谏疏[4]来。

【注释】

[1]阊阖:原指神话中的天门,这里指皇宫大门。[2]三郎:唐玄宗李隆基的小名。[3]九龄:张九龄。他与韩休都是敢谏的贤相。[4]疏:古时大臣上奏皇帝的折子。

【译文】

皇宫的千门万户依次开启,唐明皇醉醺醺地打球归来。张九龄年事已高,韩休已经作古,明晨再也不会有谁把规劝皇帝的奏章送来。

【赏析】

这是一首观《唐明皇打球图》后创作的咏史诗,深含政治讽刺意味。唐玄宗当政早期,任用韩休、张九龄等贤相,形成开明盛世;晚年却沉迷于声色之中,宠幸杨贵妃及奸相李林甫、杨国忠等人,招致"安史之乱",陷国家人民于战乱之中。诗人生活在北宋后期,当时北宋朝纲不振、政治腐败,徽宗也纵情蹴鞠,诗人写这首诗借唐讽宋,以唐明皇贪打球不恤民情的史实,来告诫宋朝统治者不要重蹈覆辙,断送了江山社稷。

宫 词

王 建

金殿当头紫阁[1]重,仙人[2]掌上玉芙蓉[3]。
太平天子朝元日[4],五色云车驾六龙。

【注释】

　　[1]紫阁:华丽的楼阁,这里指朝元阁,是天子朝拜的地方。[2]仙人:朝元阁上的仙人铜像。[3]玉芙蓉:玉制的芙蓉状盘子,用于接天降的甘露,供皇帝饮用。[4]朝元日:正月初一,朝拜上苍的日子。

【译文】

　　金碧辉煌的殿堂层层叠叠，朝元阁巍峨挺拔地矗立在前面，高大的铜仙人手捧芙蓉玉盘承接甘露。今天是太平天子朝拜上苍的日子，六匹像龙一样威武的骏马驾着五彩云车迤逦而来。

【赏析】

　　这首《宫词》描写了唐代皇帝在朝元阁朝拜上苍的盛典，着重刻画了朝元阁内的豪华装饰，反映出作者对太平吉日的向往。

廷　试[1]

夏　竦

殿上衮衣[2]**明日月，砚中旗影动龙蛇**[3]**。**
纵横礼乐[4]**三千字，独对丹墀**[5]**日未斜。**

【注释】

　　[1]廷试：殿试，在殿前由皇帝面试、定名次。[2]衮衣：古代帝王或公侯穿的绣龙的礼服。[3]"龙蛇"句：描写宫中考场边上的旗帜在考生的砚池中晃动的情景。[4]礼乐：原指礼仪和音乐，这里指《礼》《乐》等科举考试中的儒家经典。[5]丹墀：指宫殿的红色台阶或红色地面。

【译文】

　　宫殿上皇帝绣龙的礼服明丽鲜艳，与日月相辉映，考场边的旗帜在砚池中晃动，影子如飞动的龙蛇。我挥洒笔墨，写出文章三千字，又在宫殿台阶前单独回答皇帝的提问，此时太阳还未西斜。

【赏析】

这首诗写宋真宗景德四年（1007）诗人参加殿试的情景。先写皇帝端坐宫殿中，龙袍光彩夺目，次写考场边上的旗帜如龙蛇般飘动，第三句写自己答卷时运笔如飞，最后一句写日未落就已答完题。整首诗表现出作者心情大好，得意扬扬。

咏华清宫

杜 常

行尽江南数十程[1]，晓风残月入华清[2]。
朝元阁上西风急，都入长杨[3]作雨声。

【注释】

[1]数十程：形容路途遥远。[2]华清：华清宫，位于今陕西省西安市临潼区骊山。[3]长杨：宫名。始建于秦代，因宫中有垂杨数亩而得名。

【译文】

游遍了江南千里的大好风光，伴着晨风残月来到华清宫。朝元阁上猛烈的西风扑面而过，刮到长杨宫便化成淅淅沥沥

的雨声。

【赏析】

　　诗人通过对华清宫、长杨宫的凭吊,抚今追昔,抒发了对古今兴亡的感慨。诗人奉使过江南,领略了江南水乡的秀丽风光,又一路风尘来到了华清宫。走进了宫内的朝元阁,本想欣赏心仪已久的华清宫和长杨宫的风采,不想残月当头,西风扑面,宫殿已没了昔日的辉煌。面对历史陈迹,诗人感慨万千。

清平调词

李　白

云想衣裳花想[1]容,春风拂槛露华[2]浓。
若非群玉[3]山头见,会向瑶台[4]月下逢。

【注释】

［1］想：这里指像，似。［2］露华：带露水的花，此指牡丹。［3］群玉：山名，神话传说中西王母居住的仙山。［4］瑶台：又名瑶池，神话传说中西王母居住的宫殿。

【译文】

衣裳仿佛是美丽的云彩，面容犹如绽放的花朵。你承蒙皇帝的宠爱仿佛是春风吹拂雨露滋润的花朵。这样的美人要不是在群玉仙山上才能看得到，那就一定是在西王母住的瑶台才能相逢。

【赏析】

清平调是古乐曲调名，这首诗是据清平调的曲谱而填写的唱词，原词共三首，这是第一首。天宝年间，作者为供奉翰林时，唐玄宗与杨贵妃在沉香亭观赏牡丹，玄宗说："赏名花，对妃子，焉用旧乐辞为？"就令李白另写新词，李白带醉挥笔，一气呵成。李白采用比喻的修辞手法，用天上的云彩形容贵妃的衣裳，用眼前的鲜花描写贵妃的容貌，给人飘飘欲仙、呼之欲出的感觉，群玉山头、瑶台仙境，衬出杨贵妃的高贵。在所有宫廷诗词中，这首诗可谓独放异彩。

题邸间壁

郑 会

荼蘼[1]香梦怯春寒[2],翠[3]掩重门燕子闲[4]。
敲断玉钗[5]红烛冷,计程[6]应说到常山[7]。

【注释】

〔1〕荼蘼(tú mí):花名,又称佛见笑。〔2〕春寒:春夜的寒冷。〔3〕翠:绿色。〔4〕闲:安闲。〔5〕玉钗:古代妇女头上的饰物。〔6〕计程:计算路程。〔7〕常山:地名。

【译文】

在荼蘼花的香梦里醒来更觉得春夜寒凉,青翠的颜色掩映着一道道门,燕子栖在梁上。在深夜烛残时,手里的玉钗都被敲断了,心里计算着行程,他应该到了常山。

【赏析】

古人把诗写在墙壁上称"题壁"。这首诗是诗人游常山时,在旅舍的墙壁上题写的,抒发了思乡的情怀。整首诗以对妻子的描写为主,不直接写自己的思妻之情,而是想象妻子在家如何思念着自己。一个"怯"字,写出了闺妇独守空房的孤寂。三、四两句则描写妻子深夜醒来,在幽暗的烛光下,屈指计算丈夫的行程和归家的日期，一直坐到红烛快要燃尽。这种以诗意展开想象的笔法，巧妙生动，真实感人。

绝 句
杜 甫

两个黄鹂[1]**鸣翠柳，一行白鹭上青天。
窗含西岭**[2]**千秋雪**[3]**，门泊东吴**[4]**万里船。**

【注释】

[1]黄鹂：黄莺，喜欢在高树的顶端做巢。[2]西岭：成都西边的山岭，此指岷山。[3]千秋雪：终年的积雪。[4]东吴：今江苏、浙江一带。

【译文】

两只黄鹂在翠绿的柳枝上鸣叫，一行白鹭飞向蓝天。临窗远望是西岭上千年的积雪，门前河上停泊着来去东吴的船只。

【赏析】

这首诗是"安史之乱"后，诗人重返成都浣花溪畔的草堂时即景而作的写景诗。全诗以四组特写镜头，分别描写了"黄鹂""白鹭""千秋雪""万里船"，生动地描绘了草堂周围的景色，有近景，有远景，有动态，有静态，以绿衬黄，以青衬白，巧妙地构成了一幅色彩绚丽的春日画面。其中"两个黄鹂鸣翠柳，一行白鹭上青天"两句，极尽写物咏景之工，为世人所传诵。

海　棠
苏　轼

东风袅袅[1]泛[2]崇光[3]，香雾[4]空蒙[5]月转廊。
只恐夜深花睡去，故烧高烛照红妆[6]。

【注释】

[1]袅袅：微风吹拂的样子。[2]泛：浮动。[3]崇光：春光。[4]香雾：雾气。[5]空蒙：雾气迷蒙。[6]红妆：女子盛装，此处喻指海棠。

【译文】

微微的春风里流溢着淡淡的春光，花香弥漫雾气迷蒙，月影转过回廊。只担心夜深花也睡去，因此高举明烛把海棠照亮。

【赏析】

《古今诗话》载："东坡谪黄州，居于定惠院之东，杂花满山，而独海棠一株，土人不知贵。"苏轼被贬至此，目睹这株海棠被人冷落的情景，顿生同病相怜之感，故作此诗。这首诗用奇特的想象、巧妙的遣词，寄寓了一种特有的感情。

清 明

杜 牧

清明时节雨纷纷,路上行人欲断魂[1]。
借问[2]酒家[3]何处有,牧童遥指杏花村[4]。

【注释】

[1]断魂:形容客居他乡时感伤愁苦、神形交瘁的样子。[2]借问:请问。[3]酒家:酒店。[4]杏花村:杏花深处的村庄。

【译文】

清明时节,蒙蒙细雨纷纷扬扬,路上行人想到去世的亲人伤心欲绝。请问什么地方有酒店,牧童指着远处开着杏花的村庄。

【赏析】

一位现代剧作家曾经这样诠释这首诗:剧名——清明雨游。时间——清明时节;背景——雨纷纷,行人稀少;地点——杏花村前;人物——游人、牧童;对话:游人——请问哪儿有卖酒的?牧童(手指前方)——前面杏花村便有。看,一首诗改编成一出情趣横生的独幕剧!

清 明

王禹偁

无花无酒过清明,兴味萧然[1]似野僧[2]。
昨日邻家乞[3]新火[4],晓窗[5]分与读书灯。

【注释】

〔1〕萧然:索然寡味、无精打采的样子。〔2〕野僧:长期漂泊在外的僧人。〔3〕乞:讨借,索要。〔4〕新火:新生的火种。古时清明节前一天为"寒食节",禁烟、禁食,所以第二天又要引火种。〔5〕晓窗:拂晓的窗前。

【译文】

清明节没有酒喝也无花欣赏,兴味全无似漂泊在外的僧

人。昨天从邻家讨来了新火,拂晓时将窗前我的读书灯点亮。

【赏析】

　　这首诗描写了封建时代贫苦的知识分子过清明节时的冷清,真实地反映了当时社会生活的一角,抒发了清寒之士的苦衷。诗中先写清苦,而后暗喻苦中有乐,表达了诗人生活的艰难和以读书为乐的情怀。

社　日

王　驾

鹅湖山[1]下稻粱肥,豚栅[2]鸡栖[3]对掩扉[4]。
桑柘[5]影斜[6]春社[7]散,家家扶得醉人归。

【注释】

　　[1]鹅湖山:山名,在今江西省铅(yán)山县北部。因晋末龚氏在山上小湖中养鹅而得名。[2]豚(tún)栅:猪圈。

〔3〕鸡栖：鸡窝。〔4〕扉：门。〔5〕桑柘（zhè）：桑树和柘树。〔6〕影斜：树影偏斜。〔7〕春社：乡村中春天的祭神活动。

【译文】

鹅湖山下田地肥沃，庄稼茁壮，院子里猪圈鸡窝六畜兴旺，掩着门。桑柘影子西斜，春社刚散，家家都扶回一两个醉汉。

【赏析】

古时农村中，每年春秋两次祭祀土地神和五谷之神，称为"社日"。根据习俗，二十五家为一社，聚土为坛，并植树于坛上，作为向神祇祈祷的地方，春天祈求丰收，秋天报答上天赐予的恩典，故称为"春祈秋报"。诗中描写了江南水乡"春社"的欢乐景象。清代沈德潜评价此诗"传出太平风景"。

寒 食

韩翃

春城^{〔1〕}无处不飞花，寒食^{〔2〕}东风御柳^{〔3〕}斜。
日暮汉宫^{〔4〕}传蜡烛，轻烟散入五侯^{〔5〕}家。

【注释】

〔1〕春城：此处指春天的长安城。〔2〕寒食：清明前一天禁止饮食，称为"寒食"节。〔3〕御柳：皇宫中的柳树。〔4〕汉宫：代指唐代的皇宫。〔5〕五侯：古代公、

侯、伯、子、男五等爵位，这里泛指权贵。

【译文】

春天的长安城里漫天飞扬着落花，寒食节春风把宫廷中的柳枝吹斜。黄昏时皇宫赏赐烛火，蜡烛的袅袅轻烟散入五侯等权贵之家。

【赏析】

寒食是节令名，在清明前一日（也有说两日），古俗从这一天起禁烟火三日，吃冷食。据说是以此来悼念春秋晋国忠臣介之推。介之推曾割下自己身上的肉救了晋文公，文公掌权后，介之推不夸功，隐居绵山，文公屡召不应，便命人烧山，逼他出来，他还是不出山，结果被烧死。可是在唐代，皇宫中却不遵古俗，还传烛点灯。这首诗十分含蓄地揭露了封建帝王和贵族享有的特权，暗示了朝政的衰落和腐败。

江南春

杜 牧

千里^[1]莺啼绿映红^[2],水村山郭^[3]酒旗^[4]风。
南朝^[5]四百八十寺,多少楼台烟雨^[6]中。

【注释】

〔1〕千里:指江南大地。〔2〕绿映红:绿树映衬着烂漫红花。〔3〕山郭:依山的城郭。〔4〕酒旗:酒店门口的幌子。〔5〕南朝:指宋、齐、梁、陈四个封建王朝。〔6〕烟雨:烟雾蒙蒙的细雨。

【译文】

千里江南莺儿啼唱,绿荫丛中万紫千红,水乡山城处处酒

旗飘动。南朝时的四百八十座寺院,还有无数亭台楼阁都笼罩在迷蒙的烟雨中。

【赏析】

江南美丽的春色依旧,而人世却几经变迁。南朝宋、齐、梁、陈的统治者迷信佛教,大造庙宇,享乐腐化,终至覆灭;但那参差错落的佛寺遍布江南,至今犹存。作者咏江南春景,思南朝旧事,叹唐代统治者步其后尘,求神拜佛,不知前鉴。这首诗讽喻之意中肯而深刻。

上高侍郎

高 蟾

天上碧桃^[1]和露种,日边^[2]红杏倚云栽。
芙蓉^[3]生在秋江上,不向东风^[4]怨未开。

【注释】

〔1〕碧桃：传说中的蟠桃，一名千叶桃，传说为仙人所食用。〔2〕日边：太阳旁边，比喻皇帝身边。〔3〕芙蓉：荷花。〔4〕东风：春风，比喻浩荡皇恩。

【译文】

天宫里的碧桃有雨露滋润，太阳旁的红杏依傍着灿烂的云霞。我这朵芙蓉长在秋天的江边，并不抱怨春风为何不吹来也让我这朵花开一开。

【赏析】

这首诗是作者落第后以诗当信，上书给官员，用以暗示自己的抱负和请求。前两句以"碧桃""露""红杏""云"等物咏人，委婉地表明自己因出身寒微、无人举荐而名落孙山的感慨。后两句又以"芙蓉""秋江"等比喻自己不随波逐流，不醉心于利禄，不羡慕他人科考得意，亦不抱怨自己怀才不遇的时运。据说，主考官读了这首诗后，竭力向下任主考官推荐了高蟾的才德。第二年，高蟾考中进士，也许是这首诗的自荐之功吧！

绝 句

僧志南

古木阴中系短篷[1]，杖藜[2]扶我过桥东。
沾衣欲湿杏花雨[3]，吹面不寒杨柳风[4]。

【注释】

[1] 短篷：搭有篷布的小船。[2] 杖藜：藜茎制成的拐杖。[3] 杏花雨：杏花开放时节下的蒙蒙细雨。[4] 杨柳风：杨柳发芽时吹的风，即春风。

【译文】

在遮阴的古树下系好小船，拄着藜藤走过桥东。杏花开放时节的细雨将会沾湿衣服，柔和的春风拂面而来，没有丝毫寒意。

【赏析】

此诗出自一位僧人之手，自然流畅，清新宁谧，意蕴丰富。诗以郊外春游为背景，先写上岸踏青，状物咏景，景中有人，后写"杏花雨""杨柳风"，即景寓情。诗人虽已年高，但雨湿衣襟他不觉凉，春风迎面他不觉寒，相反，他游春的兴致更高，细雨微风让他倍感舒适，字里行间流露出诗人对春天和生命的热爱。

游园不值

叶绍翁

应怜[1]屐齿[2]印苍苔,小扣[3]柴扉久不开。
春色满园关不住,一枝红杏出墙来。

【注释】

〔1〕怜:怜惜。〔2〕屐齿:古时一种木制的鞋,鞋底刻有防滑的木齿。〔3〕小扣:轻轻地敲。

【译文】

大概是主人爱惜园内的青苔,怕我的木齿鞋把它踩坏,我轻敲柴门却久久不见人来开。满园的春光是关不住的,一枝红杏已经从墙头伸出来。

【赏析】

诗题"游园不值",意思是诗人去朋

友的花园游玩,可园主人不在(不值),园门紧闭,只能欣赏到从墙头伸出园外的一枝红杏,并由此而作此诗。前两句写诗人高兴而来但叩门不开颇为扫兴;后两句得来十分珍贵,一个"关"字,一个"出"字,却使情绪忽转,失望中忽见浓浓春景,不觉一喜。同时,也向人们昭示:一切美好的事物都有顽强的生命力,勃勃生机是很难被禁锢、扼杀的。诗文妙趣横生,活泼动人。

客中行

李 白

兰陵[1]美酒郁金香[2],玉碗盛来琥珀光[3]。
但[4]使主人能醉客,不知何处是他乡[5]。

【注释】

[1]兰陵:今山东枣庄。[2]郁金香:一种珍贵的植物。

古人用它来泡酒,酒带金黄色。〔3〕琥珀光:像琥珀般金黄鲜亮的色泽。〔4〕但:只要。〔5〕他乡:异乡,外乡。

【译文】

兰陵的美酒散发着郁金香的芬芳,碧玉杯中的酒映射着像琥珀的光泽。只要主人能让我大醉,何必管这里是不是家乡。

【赏析】

李白是我国诗歌史上浪漫主义诗人的代表。他的诗想象丰富,构思奇特,这首诗一反常见羁旅诗的乡思客愁,通过对兰陵美酒的赞颂,一展大丈夫四海为家的乐观、旷达。诗的前两句从酒的香味、颜色、光泽等不同角度描写了兰陵美酒的珍贵。后两句极赞主人的热情好客,诗人开怀畅饮,毫无作客他乡的愁苦,其乐观、豁达可见一斑。

题 屏

刘季孙

呢喃〔1〕燕子语梁间,底事〔2〕来惊梦里闲。
说与旁人浑〔3〕不解,杖藜携酒看芝山〔4〕。

【注释】

〔1〕呢喃:燕子的低鸣声。〔2〕底事:何事,什么事。〔3〕浑:浑然,全然,完全。〔4〕芝山:山名,在今江西省鄱阳县。

【译文】

屋梁上呢喃低鸣的燕子,不知为了什么事惊扰了我的美梦。要是说给别人听,没有人会理解,还不如带着美酒拄了拐杖去看芝山的风景。

【赏析】

本诗作者刘季孙是北宋诗人,字景文,祥符(今河南开封)人,博学擅诗,与王安石、苏轼等都有诗文之谊。诗人通过幽默的笔调写自己梦醒后携酒观赏芝山胜景,抒发了寄情山水的闲适心境。据说,王安石路经江西读到这首诗时大为赞赏,特意派官员召来刘季孙论诗谈文,不问政务之事,"嘉叹良久"。

漫 兴(其五)

杜 甫

肠断[1]春江欲尽头,杖藜徐步[2]立芳洲[3]。
颠狂[4]柳絮随风舞,轻薄[5]桃花逐水流。

【注释】

〔1〕肠断:形容极度伤心。〔2〕徐步:漫步。〔3〕芳洲:长满花草的水中陆地。〔4〕颠狂:放荡不羁,这里形容柳絮随风飞舞。〔5〕轻薄:轻浮,这里形容桃花花瓣在水中随波逐流,显得很轻浮。

【译文】

都说春江景色美不胜收,而暮春将尽,怎么会不让人伤感呢?拄着藜杖漫步在长满芳草的小洲上。柳絮随风乱舞,轻浮的桃花随波漂流。

【赏析】

诗的开篇就提道:都说春江景色美不胜收,而暮春将尽,怎么会不让人伤感呢?诗人在此处运用"肠断"一词,含义深刻。据传桓温率军伐蜀,军士捕捉到一幼猿,母猿追随着载幼猿的船只沿江岸而啼,桓温不忍,欲还幼猿,然而军士不肯,结果母猿声嘶力竭而死,取而剖之,其肠寸断。故诗人用"肠断"一词开篇,直抒胸臆,强烈地表达了他忧国忧民的情感,以及不愿随波逐流的气节。

庆全庵桃花
谢枋得

寻得桃源[1]好避秦[2],桃红又是一年春。
花飞莫遣[3]随流水,怕有渔郎来问津[4]。

【注释】

[1]桃源:桃花源。[2]避秦:逃避秦时战乱。[3]莫遣:莫使,不要让。[4]问津:问路。

【译文】

找到一个世外桃源,为的是躲避秦时战乱,不觉桃花红了,新一年的春天又来了。桃花飞舞可千万别飞到小溪里,就怕打鱼

人顺着足迹来桃源探寻。

【赏析】

诗人谢枋得,字君直,信州弋阳(今江西弋阳)人,南宋末年诗人,进士出身,但怀才不遇,故多悲愤感伤之作。庆全庵,即诗人居所。这首诗借物咏志,将自己的居所比作桃花源,寄寓诗人清白自守的心境。诗的开头便说庆全庵真是一个逃避秦时战乱的世外桃源。后两句又写,怕山外的渔郎依据水中的花瓣前来寻访,扰乱这里的宁静。全诗意在言外,沉郁深刻。

玄都观桃花

刘禹锡

紫陌[1]红尘[2]拂面来,无人不道[3]看花回。
玄都观[4]里桃千树,尽是刘郎[5]去后栽。

【注释】

〔1〕紫陌:长安的街巷。〔2〕红尘:街道上人行马驰扬起的尘土。〔3〕不道:不说。〔4〕玄都观:唐代长安近郊的道观。〔5〕刘郎:诗人自称。

【译文】

京城的大路上尘土扑面而来,人人都在说刚观赏桃花归来。玄都观里桃树有上千株,全是我刘郎离京后所栽。

【赏析】

这首诗原题名为《元和十年自朗州至京戏赠看花诸君子》,是诗人从朗州应朝廷之召回到京都游览玄都观时所作。前两句说,长安大街上车水马龙,人头攒动,到处都是看花归来的人。后两句从众人写到自己,说玄都观这么多盛开的桃树,都是我十年前离开京城后才栽的。诗人十年前参加王叔文的革新运动,因反对宦官和藩镇割据而被贬出京城,这次回到京城又因游玩赋诗而得罪了当朝的宰相,再次被贬外放。

再游玄都观

刘禹锡

百亩庭[1]中半是苔[2],桃花净尽[3]菜花开。
种桃道士[4]归何处,前度[5]刘郎今又来。

【注释】

〔1〕庭：庭院。〔2〕苔：苔藓。〔3〕净尽：全没有了。〔4〕种桃道士：暗喻当年打击王叔文变革的权贵。〔5〕前度：前一次。

【译文】

玄都观百亩大的庭院中有一半长满了青苔，桃花尽谢菜花却在尽情争奇斗艳。种桃的道士到哪里去了？前一次赏花的刘郎又回来了。

【赏析】

"再游""今又来"却是"前度"的十四年之后了。前一次，桃花开得正热闹，观花的人潮喧嚣；而今却是人去花尽，连种树的人都不知去哪儿了。诗人目睹此景，不禁吟诗抒发心中的万千感慨。白居易在《刘白唱和集》中称赞刘禹锡的诗说："刘梦得，诗豪者也，其锋森然，少敢当者。"

滁州西涧
韦应物

独怜^[1]幽草^[2]涧边生,上有黄鹂深树^[3]鸣。
春潮带雨晚来急,野渡^[4]无人舟自横^[5]。

【注释】

〔1〕怜:爱惜。〔2〕幽草:生长在暗处的青草。〔3〕深树:树林深处。〔4〕野渡:偏僻无人管理的渡口。〔5〕横:随水漂浮。

【译文】

涧边长在暗处的春草惹人怜爱,密林深处高悬枝头的黄鹂欢快鸣唱。春潮在晚间和着骤雨来势迅猛,偏僻的渡口只有一只小船,孤零零地漂荡着。

【赏析】

西涧是滁州（今属安徽）城西的一处风光。这是诗人任滁州刺史期间写的一首风景小诗。前两句描写近景：绿油油的小草惹人喜爱，却生在幽僻寂静的山涧旁边，密林深处，黄鹂立在枝头鸣叫。后两句写远景：春天的潮汛常常伴着急雨，那荒凉的渡口只有一只小船孤零零地漂荡着。

花　影

谢枋得

重重叠叠上瑶台[1]，几度[2]呼童扫不开。
刚被太阳收拾去，却教明月送将来。

【注释】

〔1〕瑶台：传说西王母娘娘居住的仙宫，这里指院落中清幽的亭台。〔2〕几度：几次。

【译文】

亭台上的花影一层又一层，几次叫童子扫都扫不开。刚被夕阳带走，却又被明月送了回来。

【赏析】

这是一首以"花影"为题的写景小诗，但有人认为这是一首讽刺诗。诗中运用比喻和象征的修辞手法，讽刺那些倚仗靠山的当权小人层出不穷,像花影一样,扫也扫不去。"瑶台"比喻高官显贵;"重"比喻忠诚的大臣,他们虽然数次抗争,却只能枉然兴叹。"刚被""却教",似乎暗喻这成了难以改变的历史规律。诗中既表达了诗人的政治抱负难以实现的愤慨,又流露出诗人对小人得势的无可奈何。

北 山

王安石

北山输[1]绿涨横陂[2],直堑[3]回塘滟滟[4]时。
细数[5]落花因坐久,缓寻[6]芳草得归迟。

【注释】

[1]输:运送,这里是蔓延的意思。[2]陂(bēi):池塘,水边。[3]直堑(qiàn):笔直的水沟。[4]滟(yàn)滟:波光动荡的样子。[5]细数:细细查点。[6]缓寻:慢慢地寻找。

【译文】

北山送来绿色,池塘春水上涨,那笔直的水沟与回环的池塘碧波荡漾。我因细数落花而坐得太久,亦因慢慢地寻找碧绿的芳草而回家晚了。

【赏析】

北山即钟山,又称紫金山,位于今南京市中山门外。诗人变法失败后,辞去职务退居金陵(今南京)。诗人春天到北山游玩,为这雨后落花飘飞的美景所陶醉而流连忘返,就写了这首诗,描绘了美丽的春景,抒发了寄情山水的闲适之情。

湖 上

徐元杰

花开红树[1]乱莺啼[2],草长平湖[3]白鹭飞。
风日晴和人意[4]好,夕阳箫鼓[5]几船归。

【注释】

〔1〕红树:红花满树。〔2〕乱莺啼:莺啼声嘈杂。〔3〕湖:指西湖。〔4〕人意:心情。〔5〕箫鼓:泛指乐器。

【译文】

在绿树红花丛中黄莺交相吟唱,青草遍地,湖水如镜,白鹭在天空翱翔。风和日丽让人心情大好,夕阳下船儿伴随着箫鼓乐声纷纷归去。

【赏析】

　　这是一首偕友人畅游西湖时的即兴之作。诗人一口气用了"花开""莺啼""草长""鹭飞"四个词组，从植物写到动物，由静态写到动态；接着以"风日""人意""夕阳""箫鼓"四个名词描绘出另一幅生机勃勃、优美宁静的西湖图。全诗有声有色，动静相映，写出了西湖游人游玩时的欢乐气氛。

漫　兴（其七）

杜　甫

糁[1]径杨花铺白毡，点溪荷叶叠青钱[2]。
笋根稚子[3]无人见，沙上凫雏[4]傍母眠。

【注释】

　　[1]糁（sǎn）：饭粒，这里引申为散落、散布。[2]青钱：古时的一种青铜钱，这里喻指荷叶。[3]稚子：指笋尖上的小嫩芽。[4]凫雏：小野鸭。

【译文】

　　飘落的杨花把小路铺成白毡，溪中的荷叶像叠起的青钱。冒出的嫩笋尖没人看见，沙滩上幼小的野鸭依偎着母鸭酣眠。

【赏析】

　　这首诗是诗人于唐肃宗上元二年（761）初夏在成都草堂所

作《绝句漫兴九首》中的第七首。诗人在暮春景观中,巧手剪裁下四个特写的场景,一句一景,一景一图。一写"杨花",细碎的杨花散乱地落满小路;二写"荷叶",像重重叠叠的青铜钱点缀着溪水;三写"笋",嫩芽初萌,还未被人发觉;四写"小野鸭",依偎着母鸭进入了甜甜的梦乡。全诗意境优美温馨,抒发了作者闲适之情。

春 晴

王 驾

雨前初见花间蕊[1],雨后全无[2]叶底花[3]。
蜂蝶纷纷过墙去,却疑春色在邻家。

【注释】

〔1〕花间蕊:花心。〔2〕全无:完全没有。〔3〕叶底花:绿叶下的红花。

【译文】

雨前刚看见花蕾在吐蕊,雨后连绿叶下的红花都不知所终。

蝴蝶和蜜蜂都纷纷飞过墙去,真让人怀疑春色已移到邻居屋院。

【赏析】

　　这首诗以活泼、生动的诗句,抒发了诗人惜花惜春的惆怅心情。前两句直叙一场春雨前后春花变化的情景,"初见"是指刚刚开放,"全无"指的是无影无踪。真是"无可奈何花落去",春色易逝。后两句以奇特的构想设计了另外一组情节:采花蜜的蜜蜂和粉蝶纷纷飞过了院墙,难道鲜花初放的春色跑到邻家去了吗?花是春天的信息,蜂蝶是花的使者,诗人的心绪随着景色变化,由观赏、寻觅到思索。诗文充满诗情画意,意味深长。

春　暮

曹　豳

门外无人问落花,绿阴[1]冉冉遍天涯。
林莺啼到无声处[2],青草池塘独听蛙[3]。

【注释】

〔1〕绿阴：树荫。〔2〕处：时候。〔3〕独听蛙：只听到蛙鸣声。

【译文】

门外的落花无人问津，大地上处处绿树成荫。树林里的黄莺停止鸣叫的时候，池塘边青草里只听得蛙声阵阵。

【赏析】

作者曹豳，是南宋诗人，字西士，瑞安（今属浙江）人，进士出身，其诗风格质朴自然，语言通俗明畅。这首诗主要描写郊野暮春景观。写花、鸟、树荫，突出暮春之景，点明题意，明媚的春天已经悄然消失了，花儿凋落，绿荫蔽日。春色褪去了，黄莺也不再叫了，唯有池塘的蛙鸣。一番感叹，抒发了诗人的惜春之情。

落 花

朱淑贞

连理枝[1]头花正开,妒花风雨便相催[2]。
愿教青帝[3]常为主,莫遣[4]纷纷点[5]翠苔[6]。

【注释】

[1]连理枝:双树并长,根枝相连,比喻恩爱的夫妻。[2]催:风催花凋之意。[3]青帝:神话传说中位于东方的司春之神。[4]莫遣:不要让。[5]点:点缀。[6]翠苔:绿色的苔藓。

【译文】

连理枝头鲜花绽放,满怀妒意的风雨便接连摧残。但愿司春之神能为它们做主,莫让花儿纷纷从枝头坠落去点缀碧绿的苔藓。

【赏析】

朱淑贞是南宋女诗人,号幽栖居士,钱塘(今浙江杭州)人,生于仕宦之家,自幼聪慧,多才多艺,工诗擅画,通晓音律,诗词多幽怨。此诗选自她的诗集《断肠集》。这是一首借"落花"惜春伤怀之作,寄托了诗人对美满婚姻的祝愿。诗人以

"连理枝"比喻生活美满和谐的恩爱夫妻,又以"妒花"的风雨比喻那些破坏和睦婚姻的人和封建礼教,委婉地表达了对自己不幸婚姻的哀叹。但诗人在哀叹之余,又以博大的胸怀祝愿天下所有的夫妻都能和和美美,并把这一希望寄托于"青帝",使诗的意境超越了景物,也超脱了现实。

春暮游小园
王 淇

一从[1]梅粉褪残妆[2],涂抹新红[3]上海棠。
开到荼蘼[4]花事了[5],丝丝天棘[6]出莓墙[7]。

【注释】

〔1〕一从:自从。〔2〕褪残妆:拟人手法,指梅花凋谢。〔3〕涂抹新红:拟人手法,指海棠盛开。〔4〕荼蘼:花名,春末夏初开放。〔5〕花事了:春天的花都开完了。〔6〕天棘:又名天门冬,长有线形枝条。〔7〕莓墙:长满苔藓的院墙。

【译文】

梅花凋谢，像少女卸了妆；海棠花开了，像少女刚涂抹了新红一样艳丽。等到荼蘼花开，春天的花就都开完了，这时会有丝丝天棘爬出布满青苔的院墙。

【赏析】

王淇，宋代诗人。全诗主要写游园观景，咏叹春天将尽的惆怅心情。自从梅花凋谢、残妆褪去，大自然又安排海棠花开，涂抹上新的颜色。直到荼蘼花开，春天也就过去了，只有那丝丝天棘悄悄地爬出了长满青苔的院墙。短短四句，就将春夏交替做了生动的描绘。

莺 梭

刘克庄

掷柳[1]迁乔[2]太有情，交交[3]时作弄机声。
洛阳三月花如锦，多少工夫[4]织得成。

【注释】

[1]掷柳：抛柳，指黄莺在柳树间飞来飞去。[2]迁乔：指黄莺飞行。[3]交交：鸟鸣声。[4]工夫：指时间。

【译文】

黄莺在柳丛间飞行，似乎对林间的一切都有着深厚的情感，阵

阵鸟鸣听起来像是织布的声音。三月的洛阳繁花似锦,不知费了多少工夫才织成这秀丽的春色。

【赏析】

这首诗着力描写洛阳艳丽的春光,诗人用了一个奇妙的比喻:把黄莺在柳林中嬉闹飞舞比作织布,由此,洛阳春景便成了一幅巨大的纺织工艺品。"太有情"似乎埋怨黄莺们太闹了,"弄机声"又反过来为黄莺辩解,说它们是在织春景图。最后轻轻一笔"多少工夫",不仅仅是为鸟儿们着急,更多的则是为它们赞赏和咏颂。

暮春即事

叶 采

双双瓦雀[1]行书案[2],点点[3]杨花入砚池。
闲坐小窗读周易[4],不知春去几多时。

【注释】

〔1〕瓦雀：屋檐上的麻雀。〔2〕行书案：麻雀跳跃的影子投映在书桌上。〔3〕点点：星星点点。〔4〕周易：《易经》。

【译文】

屋檐上双双对对的麻雀影子在书桌上移，星星点点的杨花随风飘落在砚池中。我悠闲自得地坐在窗前读《易经》，全然不知春日已过去多少时光。

【赏析】

叶采，字仲圭，号平岩，建阳（今属福建）人，南宋诗人，早年曾从蔡渊学《易经》，后就学于陈淳，其诗风格清闲幽雅。这首诗名为"暮春即事"，由暮春时诵读《易经》一事而产生了联想，由联想而生感慨，因有感触而咏诗。人在书房坐，麻雀在房檐嬉闹，本无心理它们，无奈它们的影子在书桌上晃动，更有那飞扬的杨花飘进窗来，落在砚池里。诗人整日沉浸在《易经》书本中，连春去夏来的季节变化信息都忽略了。全诗运用白描手法，生动地描绘出一幅暮春书房小景图。

登山

李 涉

终日昏昏醉梦间,忽闻春尽[1]强[2]登山。
因过竹院逢僧话,又得浮生[3]半日闲。

【注释】

〔1〕春尽:春光将尽。〔2〕强:勉强。〔3〕浮生:古代老庄学派认为人生如浮云不定,故称"浮生"。

【译文】

整天昏昏沉沉地处于半醉半梦之中,忽然听说春天即将过去了,才勉强登上了庐山。路过竹林寺院时与山僧聊了会儿天,使我在纷扰的尘世中得到了半日的清闲。

【赏析】

作者李涉,号清溪子,唐代诗人,多次为官,又多次被流放。流放生活使他写下了许多写景咏物、寄情于景的诗歌,其诗含蓄委婉。这首诗描写了诗人内心的苦闷,终日昏昏沉沉、醉生梦死。当得知春天将要过去了,他才振作起精神,勉强走出户外登山野游。当他路过寺院时,与山僧一席深谈,始觉找到了一种处世方式——闲。"闲",指对人生的体悟,是一种寄托和解脱,抛下了世俗的烦忧,与"浮"相对,一"浮"、一"闲",映衬出诗人的真实心态。

蚕妇吟

谢枋得

子规[1]啼彻四更时,起视蚕稠怕叶稀。
不信[2]楼头杨柳月[3],玉人[4]歌舞未曾归。

【注释】

[1]子规:杜鹃,喜在夜间啼叫。[2]不信:不敢相信。[3]杨柳月:西沉至杨柳树梢的月亮。[4]玉人:容貌美丽的人,此处指歌女舞伎。

【译文】

杜鹃鸟整夜啼鸣直到四更时,女子起床检查蚕席,怕蚕多桑叶太稀。想不到月儿已西沉至杨柳树梢,而那些歌女舞伎还未

回到家里。

【赏析】

　　这是一首描写养蚕妇女的诗,表现了诗人对蚕妇艰辛劳动的赞颂和同情。已是后半夜了,杜鹃叫了一宿,月亮西沉至杨柳枝头,蚕妇起床为蚕添叶。而此时,那些穿着绫罗绸缎的歌女舞伎仍在轻歌曼舞、通宵欢娱。同样的夜景,不同的场面,反映了当时女子的不同命运。"蚕妇"与"玉人"的生活方式迥然不同,两相对照,形象鲜明,生动逼真。

晚　春

韩　愈

草木知春不久[1]归,百般红紫斗芳菲[2]。
杨花榆荚无才思[3],惟解[4]漫天作雪飞。

【注释】

〔1〕不久：马上就要。〔2〕斗芳菲：指花儿争奇斗艳。〔3〕无才思：没有才华，指杨树、榆树开不出美丽的花朵。〔4〕惟解：只知道。

【译文】

草木知道春天不久就要归去，花儿趁春天还在就争相开放、争奇斗艳。杨花和榆钱没有什么才情，只知道像雪花一样漫天飘洒自己的花絮。

【赏析】

这首诗是《游城南十六首》之第三首。韩愈的诗追求雄健奇崛，而这首诗却写得委婉含蓄，颇具独到之处。诗中运用了拟人的修辞手法，前两句写花草似乎得到了春将归去的信息，抓住时机争奇斗艳，唯恐辜负了大好春光。后两句则从另一视角，选取"杨花""榆荚"，杨树和榆树虽然开不出鲜艳的花朵，施展不出才华，但也不甘落后，尽情将自己的花絮飘洒，化作漫天飞"雪"，不也是一番新奇之景吗？

伤 春

杨万里

准拟^[1]今春乐事浓^[2],依然枉却^[3]一东风。
年年不带看花^[4]眼,不是愁中即^[5]病中。

【注释】

〔1〕准拟:原以为。〔2〕浓:多。〔3〕枉却:白白地辜负。〔4〕看花:赏花。〔5〕即:就是。

【译文】

本来以为今年春天会有较多快乐的事,不料依然辜负了春光。我年年都没有赏花的眼福,因为不是在忧愁中就是在病中。

【赏析】

杨万里,南宋诗人,字廷秀,号诚斋,与尤袤、范成大、陆游并称为"中兴四大诗人"。其诗风格纯朴,语言口语化,构思巧妙,人称"诚斋体"。诗人所写的诗大多较为深刻地反映了民生疾苦。这首诗以"伤春"为题,伤春之意在于既伤春光又伤自己。全诗紧扣一个"伤"字,原以为今年春天会有一些快乐的事,不料却依然枉度春光。如此年年都有美好的愿望,但年年都怅然有失,"不是愁中即病中"展现出一幅"愁""病"的自画像。

送 春

王 令

三月残花落更^[1]开,小檐^[2]日日燕飞来。
子规^[3]夜半犹啼血^[4],不信东风唤不回。

【注释】

〔1〕更:又,复。〔2〕小檐:矮小的房檐。〔3〕子规:杜鹃。〔4〕啼血:相传古蜀国王杜宇亡国后,化为杜鹃,自春至夏彻夜啼叫,其声哀戚,啼至出血才止。

【译文】

三月残花落后又有花开,低矮的房檐下燕子日日飞来。杜鹃半夜还在悲啼,不相信春光呼唤不回来。

【赏析】

王令,北宋诗人,平生以教书为业,人品与诗品均俊逸高雅,有远大的政治抱负,深得王安石赏识,王安石以妻妹吴氏许之。不幸诗人英年早逝,留有《广陵先生文集》。其诗意境开阔、气势雄壮。这首诗以拟人手法描写了暮春景象。诗中巧妙地借"燕子"和"子规"表达了自己的惜春之情。

三月晦日送春

贾 岛

三月正当三十日[1],风光别我苦吟[2]身。
共君[3]今夜不须睡,未到晓钟[4]犹是春。

【注释】

[1]三十日:农历三月三十日。[2]苦吟:指作诗竭尽全力。[3]共君:与你,同你。[4]晓钟:报晓的钟

声,古代以敲钟报时。

【译文】

今天正值三月三十日,春的最后一天,春光将告别我这苦吟的诗人。今夜与你为伴不要睡去,只要晨钟还没敲响,就仍然是春天。

【赏析】

贾岛一生都在穷困潦倒中度过,故诗作以清奇凄苦著称,大多写自然景物和闲居情致。其诗刻苦求工,诗风清淡朴实,故在当时又被戏称为"瘦"。这首诗一改他以往诗中的荒凉景象,写"送春"却别有一番乐观的恋春心境。当春光将告别诗人而去时,诗人没有沮丧,没有惆怅,而是有着一种特别的好雅兴:但愿通宵不眠,相伴同乐,只要没听到晨钟报晓的声音,此时此刻仍然是春天。这种乐观旷达的兴致与"苦吟身"形成了鲜明的对照,可见诗人运笔立意之妙。

客中初夏

司马光

四月清和[1]雨乍晴,南山当户[2]转分明[3]。
更无[4]柳絮因风起,惟有葵花向日倾。

【注释】

[1]清和:天气晴朗暖和。[2]当户:对着门户。[3]转分明:雨中南山模糊不清,天气转晴则清晰可见。[4]更无:再没有。

【译文】

四月里天气清爽和煦,雨过天晴,大门对面的南山由模糊变得轮廓分明。再也不见风来柳絮飞起,只有葵花执着地向着太阳倾斜。

【赏析】

作者司马光是北宋政治家、史学家和文学家,他竭力反对王安石变法革新。这是一首政治隐喻诗,借咏叹四月雨过天晴的天气,抒发新法废除后的得意心情。第二句用"南山"点出诗题"客中",司马光因反对王安石变法而退居洛阳长达十五年,新法废除后,司马光即将复出时,心中的畅快之情自然溢于言表,

在久雨新晴之际,夏阳映红,气象更新。诗中用"柳絮"暗喻拥护新法的人,又以"葵花"比喻主张恢复旧政的人。

有 约

赵师秀

黄梅时节家家雨,青草池塘处处蛙。
有约不来过夜半,闲敲棋子落[1]灯花。

【注释】

〔1〕落:震落。

【译文】

黄梅季节家家都听得到雨声,长满青草的池塘里青蛙呱呱地叫。约好的人等到半夜还没来,我无聊地敲着棋子,把灯花也震落了。

【赏析】

赵师秀,字紫芝,号天乐,南宋诗人,光宗绍熙元年(1190)进士及第,与徐玑、徐照、翁卷并称"永嘉四灵",开创了"江湖派"一代诗风。这首诗描写诗人在初夏的雨夜候客不至的焦急心情。前两句写景:江南的梅雨季节,人们都闭门不出,只有那长满青草的池塘蛙鸣此起彼伏。此情此景之下,多么盼望"有朋自远方来"啊!然而,原本约好今日来家做客的友人却迟迟不至,等待是多么难耐啊!诗人等到半夜,只好无聊地敲着棋子,独自消遣。这种等人的心情,在诗人的笔下被刻画得淋漓尽致。

闲居初夏午睡起
杨万里

梅子留酸[1]软齿牙,芭蕉分绿[2]与窗纱。
日长睡起无情思[3],闲看儿童捉柳花。

【注释】

〔1〕留酸:带酸。〔2〕分绿:指芭蕉的绿荫映在纱窗上,使纱窗也多了些绿色。〔3〕无情思:无精打采的样子。

【译文】

梅子的余酸还留在齿颊间,芭蕉映得窗纱一片碧绿。夏季漫长的白天让人醒后无精打采,慵懒地看儿童捕捉飘飞的柳絮。

【赏析】

这首诗作于杨万里赋闲居家之时。前两句描写诗人午睡初醒,齿颊间还留着梅子的余酸,一个"留"字,表现出他闲散的心态。周围一片静谧,芭蕉映得窗纱一片碧绿,"分"字用得格外传神。后两句承上初夏之景,进一步表明夏日的白天长得让人感觉无聊,于是,他只有"闲看儿童捉柳花"了。"捉"字与"分"字对照,一动一静,相映成趣,为全诗平添了几分韵味。

三衢道中

曾 几

梅子黄时^[1]日日晴,小溪泛尽^[2]却山行。
绿阴不减来时路,添得^[3]黄鹂四五声。

【注释】

〔1〕梅子黄时:梅子黄熟时,此时江南多雨,称为梅雨季节。
〔2〕小溪泛尽:泛舟已到小溪的尽头。〔3〕添得:又闻。

【译文】

年年有连绵雨的梅雨季节,今年居然天天放晴,泛舟已到小溪尽头,不得已改行山路。绿树成荫,不逊来时的水路,还增

加了几声黄鹂的啼鸣。

【赏析】

这首诗记叙了诗人游览衢州（今属浙江）时的所见所闻，透出诗人对旅途景致的喜爱，愉悦之情溢于言表。首句点明季节和天气，南方梅子成熟时本来是多雨季节，诗人却赶上难得的连日晴朗的天气；次句写途中小溪泛舟，后又改行山道，"却"字含有转折的意味，也流露出诗人舍舟步行的无奈情绪。后两句写山行之乐，山里绿荫如画，又有黄鹂声声，丝毫不逊溪行之乐，反而平添一分情趣。

即 景

朱淑贞

竹摇清影罩[1]幽窗，两两[2]时禽噪夕阳。
谢却[3]海棠飞尽絮，困人天气日初长。

【注释】

〔1〕罩：笼罩。〔2〕两两：成双成对。〔3〕谢却：凋谢。

【译文】

翠竹婆娑的影子笼罩在幽静的小窗上，候鸟双双在夕阳下嬉戏啼唱。海棠花谢了，柳絮也不再飞扬，使人困乏的白天渐渐地开始变长。

【赏析】

这首诗描绘了春末夏初的景象,同时也借景抒发了诗人郁郁寡欢的心情。前两句有静有动,有声有色,"清""幽"正写心境,"两两"反衬孤独。后两句将这种郁郁寡欢、了无情趣的愁闷进一步深化,初夏时分海棠花谢了,柳絮也飞尽了,白天越来越长了,着实有一种"困人"的感觉。全诗寓情于景,淡淡几笔,却极具感染力。

初夏游张园

戴复古

乳鸭[1]池塘水浅深[2],熟梅[3]天气半晴阴[4]。
东园载酒西园醉,摘尽枇杷一树金[5]。

【注释】

〔1〕乳鸭:刚孵出的小鸭。〔2〕浅深:深浅不一。〔3〕熟

梅：黄梅时节。〔4〕半晴阴：忽晴忽阴。〔5〕一树金：指满树金黄色的枇杷像金子一样。

【译文】

小鸭在池塘或深或浅的水中嬉戏，黄梅时节天气忽晴忽阴。带上酒宴游了东园再去西园畅饮，摘光满树像金子一样的枇杷来享用。

【赏析】

作者戴复古是南宋江湖诗派中的名家，终身布衣，曾师从陆游。他的诗反映了布衣寒士四方漂泊的凄苦生活和羁旅乡思。这首诗又名《夏日》，描写了江南初夏时人们园林宴饮之趣。先写小鸭不管池水深浅而竞相嬉闹，接下来写黄梅雨季天气忽晴忽阴。后两句进一步描绘人们携酒宴游东园，接着又去西园畅饮，还把满树黄透的枇杷摘下来享用。"一树金"写出了满树金黄色枇杷的艳丽。前写乳鸭嬉戏，后写人的欢愉，二者对照，欢愉之情溢于言表。

鄂州南楼书事

黄庭坚

四顾[1]山光接水光,凭栏十里芰荷[2]香。
清风明月无人管,并作南楼[3]一味凉。

【注释】

〔1〕四顾:四下远望。〔2〕芰荷:出水的荷。〔3〕南楼:一作"南来"。

【译文】

四处环顾山水相连一派好风光,倚着栏杆闻着十里荷花飘香。清风明月无人过问,登上南楼更觉快意凉爽。

【赏析】

诗题一作《晚楼闲望》。这首诗选自《鄂州南楼书事四首》，据《世说新语·容止》载：东晋征西将军庾亮镇守鄂州时曾登南楼观赏风光，后人复建一南楼纪念庾亮。黄庭坚在崇宁元年（1102）寓居鄂州时即登此楼，并赋诗四首，此诗居其首。起句以"四顾"开门见山，一个"接"字描绘出水天一色的美景，气象不凡。接着，由"光"引出"香"，诗人倚栏，久久陶醉于楼外湖中的菱荷清香。最后一个"凉"字沁人心脾，"并作"说明"凉"从"光"和"香"中来。诗人在"晚楼闲望"之中，不仅欣赏到了美景，领略了荷香，更享受到精神世界的"清凉"。

山亭夏日

高骈

**绿树阴浓[1]夏日长，楼台倒影入池塘。
水晶帘动微风起，满架蔷薇[2]一院香。**

【注释】

〔1〕阴浓：树荫很密。〔2〕蔷薇：一种观赏植物，茎长似蔓，须搭架使其生长，有芳香味。

【译文】

绿树浓荫的夏日白天变得漫长，楼台的倒影映在池塘。微风拂动光莹晶亮的珠帘，满架的蔷薇花使得满院飘香。

【赏析】

　　高骈,字千里,幽州(今北京)人。这首诗描写了夏日的山亭风光。首先渲染环境的幽静,绿树浓荫衬托出夏日的漫长和炎热,池塘里倒映出楼台的影像,接着写微风使晶莹的珠帘晃动。句中的"阴"和"倒影"组成了一幅生动的夏日池塘图。末句中,"满架"与"一院"对应,朴实中见绝妙,平淡中见气派。故此诗被后世誉为"咏夏之佳品"。

田　家

范成大

昼出耘田[1]夜绩麻[2],村庄儿女各当家。
童孙未解供[3]耕织,也傍桑阴[4]学种瓜。

【注释】

〔1〕耘田：除草。〔2〕绩麻：搓麻为绳。〔3〕供：从事，参加。〔4〕桑阴：在桑树荫下。

【译文】

白天下田除草，夜晚在家搓麻，村里的男女各自辛勤持家。年幼的儿童尚不懂耕田织布，也在桑树荫下学着种瓜。

【赏析】

这首诗选自范成大的《四时田园杂兴》绝句六十首。范成大有干练之才且有爱民之心，相传宋孝宗原想让他做宰相，但怕他"不知稼穑之艰难"，故未任命，范氏闻之，故作《四时田园杂兴》以表心意。这首诗用朴素的语言和白描的手法，借用老农的口气，表现了农家儿童从小喜爱劳动及其天真童趣。男人"昼出耘田"，妇女"夜绩麻"，起句便是一幅"男耕女织图"，并称赞男男女女都是行家里手。在大人们的影响下，儿童们也爱上了劳动，"傍桑阴"写出了儿童"学习"劳动的迫切心情和生动的情态。

村居即事

翁 卷

绿遍山原[1]白满川[2],子规声里雨如烟。
乡村四月闲人少,才了[3]蚕桑又插田。

【注释】

〔1〕山原:山和原野。〔2〕白满川:指河水猛涨时白茫茫一片。〔3〕才了:刚刚结束。

【译文】

原野山丘一片翠绿,河川银光闪闪,杜鹃声里细雨如烟纷纷扬扬。四月的农村清闲的人很少,人们刚刚结束采桑养蚕又要耕田插秧。

【赏析】

作者翁卷是南宋诗人,与徐照、徐玑、赵师秀并称"永嘉四灵",考进士屡试不中,但其诗文颇有声名。其诗清新自然,这首诗亦名《乡村四月》,是一首描写江南农村初夏风光的小诗。起句写自然之景,"绿"写树木葱郁,"白"状水光一色,句中不见树和水,却分明让人看到一抹绿意。次句写"雨",雨在"子规声"中更显得悄无声息,虽如烟如雾,润物无声,却暗潜生机。后两句写农事繁忙,诗句朴实无华,与上两句中的景物描写遥相呼应,"少"与"遍""满"对应,只见青山不见人。"才"与"又"显出一个"忙"字,景外有景,鲜明如画。

题榴花

韩　愈

五月榴花照眼明[1],枝间时见子初成[2]。
可怜此地无车马[3],颠倒苍苔落绛英[4]。

【注释】

〔1〕照眼明:此喻石榴花鲜艳夺目。〔2〕子初成:石榴刚结果实。〔3〕无车马:没有车马,无人来赏。〔4〕绛英:红花,指石榴花。

【译文】

五月的石榴花鲜红耀眼,刚结的小石榴挂在枝条间。只可

惜这里没有人来欣赏,红艳艳的石榴花瓣散落在青苔上面。

【赏析】

全诗以"榴花"为题,首句赞其色之艳丽耀眼,"照"字静中显动,"明"字物中见人。次句写石榴果实刚刚萌生于枝叶之间,与上句一样,人与物相映。后两句抒发感叹,可惜此地交通不便,游客稀少,无人观赏,一任花瓣飘落,覆盖青苔,"惜花"之感油然而生。也许诗人是以"惜花"含蓄地表达对怀才不遇者的惋惜与同情吧!

村　晚
雷　震

草满池塘水满陂[1],山衔[2]落日浸寒漪[3]。
牧童归去横牛背,短笛无腔[4]信口[5]吹。

【注释】

〔1〕陂：山坡，此处指池塘岸。〔2〕衔：同"含"，指夕阳落山时的情景。〔3〕寒漪：带有寒意的水波纹。〔4〕无腔：没有腔调，这里是说随意地吹，不是说难听的跑调。〔5〕信口：随意地吹。

【译文】

青青的水草长满池塘，碧水涨满塘堤，远山含着落日倒映在闪着波光的水中。牧童回去时横坐在牛背上，捏着短笛不成腔调自由自在地吹。

【赏析】

作者雷震为宋代诗人，生平不详。这首诗描写了仲夏农村傍晚的景象。首句写池塘水面被水草铺了个严严实实，池水漾上塘岸，两个"满"字铺开了画面。次句写夕阳西沉，渐渐落在远山之中，其倒影浸入池水绿波之间，前写山，后写水，双双映照"落日"奇观。后两句转而写人，回家的牧童横坐在牛背上，信口吹着短笛，悠然自得，好一幅"牧童晚归图"。池水衬落日，落日映牧童，情景交融，栩栩如生。

书湖阴先生壁

王安石

茅檐常扫净无苔,花木成蹊[1]手自栽。
一水护田[2]将绿绕,两山排[3]闼[4]送青来。

【注释】

[1]蹊:小径。[2]护田:指溪水环绕稻田。[3]排:推开。[4]闼:古时对门的称谓。

【译文】

茅草屋檐下常常打扫没有青苔,花木成行成垄,都是主人亲自栽种的。一条溪水将绿色的农田环绕,推开房门,两座并峙

的青山将青翠送进来。

【赏析】

这首诗是诗人《书湖阴先生壁二首》中的第一首,湖阴先生是王安石的朋友和邻居,此诗题在湖阴先生屋壁上。前两句赞美庭院清幽,"无苔"落在"净"字上,正是妙处。江南空气湿度大,此时又值初夏多雨季节,正是青苔生长最盛之时,青苔又不易扫除,然而这里却看不到青苔,显得十分干净,又见庭院花木成行,行间成径,更显出"净"和"静"来。后两句写庭院外,溪水绕稻田,两面的青山推门而入,将山色送进了庭院,又为这小院添色不少。"手自栽"表现主人的勤劳,正因为勤劳,才有胜景"送进门来"。花木是自己亲自栽的,山色是自然的,二者共为一景,似写庭院,实写主人,可谓妙哉!

乌衣巷

刘禹锡

朱雀桥边野草花,乌衣巷[1]口夕阳斜。
旧时王谢[2]堂前燕,飞入寻常百姓家。

【注释】

〔1〕乌衣巷:在今南京秦淮河南岸,离朱雀桥很近,三国时,吴军在这里设营,士兵多穿黑衣,故名。〔2〕王谢:东晋时王导和谢安两大贵族。

【译文】

从前热闹的朱雀桥边长满了野花野草,昔日繁华的乌衣巷口如今只有夕阳斜挂。当年栖息在王侯贵族府里的燕子,如今飞进了普通百姓的家。

【赏析】

这是一首怀古诗,语言凝练,概括力极强,表现了诗人抚今追昔的沧桑之感,抒发了世事无常的感慨。第一、二句写曾经显赫一时的王、谢两家曾经居住的地方,如今已是杂草丛生,野花点点,夕阳斜照,凄冷荒凉。第三、四句写王、谢两大家族已经不复存在,过去出入于王、谢华堂中的燕子,如今也飞入了普通百姓的家中。全诗从侧面落笔,借眼前景物描写今昔之变,抒发怀旧之感,含蓄深沉,耐人寻味。

送元二使安西

王 维

渭城[1]朝雨浥[2]轻尘,客舍青青柳[3]色新。
劝君更[4]尽[5]一杯酒,西出阳关[6]无故人[7]。

【注释】

〔1〕渭城:秦咸阳城汉时改称渭城,在今陕西省咸阳市。〔2〕浥(yì):沾湿。〔3〕柳:古人离别互相折柳相送。柳与"留"谐音,有惜别之意。〔4〕更:再。〔5〕尽:喝干。〔6〕阳关:西汉时的关名,在今甘肃境内,位于玉门关之南,故称为"阳关"。〔7〕故人:友人。

【译文】

一场小雨淋湿了渭城道路上的灰尘,客店旁的杨柳显得更加青翠。劝你再喝了这一杯酒,向西出了阳关就再也见不到友人了。

【赏析】

这是一首脍炙人口的送别友人的乐府诗,唐人把此诗谱成曲子,广为流传,时人又称《阳关三叠》。前两句写渭城的早晨,绵绵细雨浸湿了路面的灰尘,客舍前一片青青杨柳,在雨水中显得格外清新。小小的送别,却充满了诗情画意,给人一种清新的感觉。后两句写：我诚挚地劝你再喝光这杯酒，我们就要分别了，西出阳关后，再也见不到友人了。酒味浓浓，别情依依，令人一唱三叹。唐代诗人咏叹送别的诗作中，此诗独树一帜，成为千古绝唱。

题北榭碑

李 白

一为迁客[1]去长沙，西望长安不见家[2]。
黄鹤楼[3]中吹玉笛，江城[4]五月落梅花[5]。

【注释】

〔1〕迁客：指被贬官、流放的人。〔2〕家：这里指长安。〔3〕黄鹤楼：楼名，在今湖北省武汉市武昌区。〔4〕江城：今武汉市武昌区。〔5〕落梅花：古曲名。

【译文】

一旦被贬流放长沙，抬头西望长安就再也看不到家了。黄鹤楼上听到有人吹起笛子，那曲《梅花落》仿佛让五月的江城落

满了梅花。

【赏析】

　　这首诗是李白被流放夜郎途经武昌城游览黄鹤楼时所作。北榭碑,即黄鹤楼上的台榭,此诗题其上。起句以贾谊的典故暗喻自己被流放,蒙冤受屈,成了"迁客"。次句写诗人对朝廷的眷恋和对国事的关心。后两句以笛声展现内心深处的无限沮丧、凄凉之感。古曲《梅花落》含有双关之意:黄鹤楼上吹一曲《梅花落》,不禁使人顿生悲怆,仿佛五月江城落满了梅花,一片凄凉景象。

题淮南寺

程　颢

南去北来休便休^[1],白蘋吹尽楚江^[2]秋。
道人^[3]不是悲秋客,一任^[4]晚山相对愁。

【注释】

〔1〕休便休：想休息便休息，顺其自然。〔2〕楚江：长江。〔3〕道人：诗人自称。〔4〕一任：任凭。

【译文】

南来北去自由自在，想休息便休息，白蘋在楚江的秋风中被吹得没了踪迹。我不是逢秋就伤感的人，任凭楚江两岸的山峦在暮色中相对发愁。

【赏析】

诗人一次旅行途经扬州，适逢秋天，便逗留扬州，并游览了这座寺院，题下此诗。首句中"休便休"用得绝妙恰当，想休息时就休息，无论去何方，无论前途如何，还是随遇而安、顺其自然吧！次句着力描写秋色、秋江、秋风，"吹尽"静中有动。后两句自述抱负和心志：我并非见花落泪、对月伤怀之辈，任凭山峦在黄昏中相对生愁去吧！我心中一片坦然，不以物喜，不以己悲，任其自然，超然物外。

秋 月

朱 熹

清溪流过碧山头,空水[1]澄鲜[2]一色秋。
隔断红尘[3]三十里,白云黄叶共悠悠。

【注释】

〔1〕空水:清澈透明的水。〔2〕澄鲜:明净清亮。〔3〕红尘:指喧嚣的世俗。

【译文】

清澈的溪水从碧绿的山头流过,清亮的水与蓝天在月色的映照下构成一幅空明澄澈的秋景画卷。这里离尘世有三十里远,眼前只有天上朵朵白云、山中片片黄叶和我一起自由自在。

【赏析】

全诗赞美秋月的玲珑透亮，秋色的明朗清莹，并以此抒发自己的闲适心情。起句写清幽的溪水在碧绿的山坡上流淌，而碧蓝的水光又与月光共为一色。后两句以景寓情，此处地僻人远，隔断了世俗红尘，那就如天上白云、地下黄叶一样悠然自得。诗中"碧山""红尘""白云""黄叶"等表示颜色的词组，把秋夜月光下的景色描写得美不胜收。

七 夕

杨 朴

未会[1]牵牛意若何，须邀织女弄金梭。
年年乞与[2]人间巧，不道[3]人间巧几多。

【注释】

〔1〕未会：不清楚，不明白。〔2〕乞与：请求给予。〔3〕不道：岂不知。

【译文】

弄不明白七月初七晚上牛郎打算干什么，应该是邀约织女在相会时织锦拨弄金梭。年复一年地给人间乞巧的人们送去智巧，岂不知人间尔虞我诈的机巧早已太多太多。

【赏析】

这首诗以"乞巧"立意，首句开门见山地设问，后两句设置答案。诗人借题发挥，将天上的智慧与人间奸巧虚伪、尔虞我诈对照，表现了诗人对世俗的深刻讽刺。五代十国时期政权割据，民不聊生，诗人对纷乱的社会现实十分不满。这首诗将诗人对人民的同情和对时政的不满表现得淋漓尽致。

立 秋

刘 翰

乳鸦[1]啼散玉屏[2]空，一枕新凉[3]一扇风。
睡起秋声[4]无觅处，满阶梧叶月明中。

【注释】

〔1〕乳鸦：小乌鸦。〔2〕玉屏：用玉制作的屏风，这里

用来比喻夜空，形容夜色空明，月光皎洁。〔3〕新凉：阵阵凉风。〔4〕秋声：秋风的萧瑟声。

【译文】

窗外小乌鸦的啼叫声散去，天空像玉屏风一样洁净、明亮，一缕缕凉风吹来像绢扇悠悠拂枕。一觉睡醒秋声已无从寻找，只看见满阶的梧桐叶被月光笼罩。

【赏析】

刘翰，字武子，南宋文人，作诗刻意追求南宋"永嘉四灵"的江湖派诗风。这首诗分别描写了秋空、秋风、秋色。写秋空如玉制的屏风，晶莹皎洁，几声鸦啼更显秋夜的空旷；写秋风，以人物为视角，诗人倚着簟枕，一缕凉风吹来如绢扇拂枕；写秋色，再起转折，循着萧瑟的秋风起身寻觅秋色，却应了"梧叶落而天下惊秋"的说法，在月光下，门外台阶上已经落满了梧桐叶。

秋 夕

杜 牧

银烛[1]秋光冷画屏[2],轻罗小扇扑流萤[3]。
天阶[4]夜色凉如水,卧看牵牛织女星。

【注释】

[1]银烛:白蜡烛。[2]画屏:绘有图画的屏风。[3]流萤:飞动的萤火虫。[4]天阶:宫中台阶。一作"天街",指天上的街市。

【译文】

秋夜的烛光映照着冷冷的画屏,持一把轻罗团扇扑打飞来飞去的萤火虫。宫中的夜色清凉得如水一般,躺着看那一年一会的牛郎织女星。

【赏析】

这是一首宫怨诗,诗人不刻意雕饰,而是用白描的手法,仅以女主人公的两个动作——"扑流萤""卧看"为线索,描绘了两幅秋夜鲜明的图景。

首句"冷"字十分传神地描绘了秋夜的气氛,并为下句"小扇扑流萤"做了环境的铺垫,衬托出女主人的内心世界。第三句中的"凉"字,不仅与"冷"字呼应,而且也是女主人公悲凉心境的进一步刻画。最后一句转向卧看银河两岸的牵牛、织女二星,以传说中的爱情悲剧表达自己的寂寞心情。古人评价此诗:"层层布景,是一幅着色人物画。只'卧看'二字,逗出情思,便通身灵活。"

中秋月

苏 轼

暮云收尽溢^[1]清寒,银汉^[2]无声转玉盘^[3]。
此生此夜不长好,明月明年何处看。

【注释】

〔1〕溢:满而流出。〔2〕银汉:银河,天河。〔3〕玉盘:喻指月亮。

【译文】

黄昏云雾散尽，漫天月色泛着清寒。银河中悄无声息，圆月朗朗。这一辈子，这样的夜、这样的月不会经常有，不知我明年在何处观赏。

【赏析】

这首诗是诗人任徐州知州时，与其弟苏辙共度中秋佳节时所作，原名《阳关三首》，此为其中一首。此诗从"暮云"写起，傍晚的云霓已经散尽，秋风瑟瑟，寒意袭人。次句以"玉盘"转笔，写群星隐耀的银河无声地托起了一轮明月，照彻玉宇。后两句借景感叹人生中并非年年都能欣赏到如此美好的夜景。"不长好"暗喻人生并非一帆风顺，与"明月几时有？把酒问青天"有相同的情怀。

江楼有感

赵嘏

独上江楼思悄然[1]，月光如水水如天。
同来玩月[2]人何在？风景依稀[3]似去年。

【注释】

〔1〕思悄然：形容愁思萦绕。〔2〕玩月：赏月。〔3〕依稀：仿佛，好像。

【译文】

独自登上江楼心绪孤独黯然，月光如江水一般流淌，水又如纯净的天。去年同来赏月的人今在何处？只有眼前风景仿佛还像去年。

【赏析】

赵嘏，晚唐诗人。他的诗流畅多彩，清圆熟练，明快清逸。在这首登临抒怀的诗中，诗人把写景和抒情和谐地交融在一起。在一个风平浪静的夜晚，诗人独自登上临江的楼台，眺望江上月夜美景，不禁想起去年与友人同赏的情形，顿时思绪万千，若有所失。此处"独上"二字与李煜的"无言独上西楼"有异曲同工之妙。接着用两个"水"字，一作喻体，一作本体，回环往复，使月光、水光、天色浑然交融，江天一色，上下辉映。第三句设问，照应"独上"，引出下句"风景依稀似去年"。故地重游，抚今追昔，不免让人感叹物是人非，徒生惆怅。

题临安邸
林 升

山外青山楼外楼,西湖歌舞几时[1]休。
暖风[2]熏得游人醉[3],直把杭州作汴州[4]。

【注释】

[1]几时:何时。[2]暖风:暗指南宋统治者寻欢作乐的坏风气。[3]醉:指精神上的麻醉。[4]汴州:北宋都城,今河南开封市附近。

【译文】

山外更有青山,楼外更有高楼,西湖上的歌舞不知何时才罢休。暖融融的风吹得游人陶醉,竟把避难的杭州当成了京城汴州。

【赏析】

　　林升,南宋诗人。临安,即今杭州,当年的南宋都城。这首《题临安邸》正是题写在一家旅店的墙壁上。南宋时,金兵入侵,中原大片领土沦陷,百姓生活在兵荒马乱之中,而南宋统治者却偏安江南,过着荒淫的生活,当时许多爱国诗人都写下了忧国忧民的诗篇,这首诗正表达了当时百姓对腐朽封建统治集团的愤慨。诗中"几时休""暖风熏",正是诗人对乱世不满的宣泄,也是对统治者腐败行为的尖锐讽刺。

晓出净慈寺送林子方

杨万里

　　毕竟[1]西湖六月中,风光不与四时[2]同。
　　接天[3]莲叶无穷碧,映日荷花别样[4]红。

【注释】

　　[1]毕竟:到底是。[2]四时:四季,这里指春、秋、冬三季。[3]接天:伸向天边。[4]别样:格外。

【译文】

　　到底是西湖的六月时节,风光与其他季节都不同。碧绿的莲叶和天空连成一片,直到天边,荷花在阳光的照耀下格外鲜艳。

【赏析】

这首七言绝句描写了西湖六月风光。六月的清晨,诗人步出净慈寺,沿着西湖堤岸送别友人林子方。"毕竟"二字总领全诗,显得意境突起,也点明了"风光不与四时同"的特定地点(西湖)和特定时间(六月)。此时的西湖风景不同于其他季节,"不是春光胜似春光",在朝阳的映照下,满湖的荷花、莲叶一直铺向水天相接之处,红艳与碧绿相映,显得分外鲜艳。如此美景,衬托送别的心情,自然又是别有深情意蕴了。全诗以白描手法写来,显得朴素高雅,令人叫绝。

饮湖上初晴后雨

苏 轼

水光潋滟[1]晴方好,山色空蒙[2]雨亦奇。
欲把西湖比西子[3],淡妆浓抹总相宜[4]。

【注释】

〔1〕潋滟:波光动荡的样子。〔2〕空蒙:迷离朦胧。〔3〕西子:古代美女西施。〔4〕相宜:相称,合适。

【译文】

晴天的西湖轻风拂水有说不出的好,烟雨中山色迷蒙更觉神奇。西湖美景好似西施美女,不管是淡妆还是浓妆总是美得恰到好处。

【赏析】

诗人在杭州任通判期间,曾写了大量吟咏西湖景物的诗,这是其中最为脍炙人口的一首。诗的前两句既写了西湖的湖光山色,也写了西湖的晴姿雨态,阳光照耀下,碧波荡漾,雨幕朦胧,山影缥缈。"晴方好""雨亦奇",盛赞不同天气时的湖光胜景。后两句紧承上句,借用西施之美,以一个既空灵又贴切的妙喻绘出了湖光的神韵,正因为西湖与西子都具有难以形容的内在美,所以对西湖来说,晴也好,雨也好;对西子来说,淡妆也好,浓抹也好,都未改其美的神韵。"方好""亦奇",正对"相宜",可见诗人才思空灵,比喻绝妙。

入 直

周必大

绿槐夹道集[1]昏鸦[2],敕使[3]传宣坐赐茶。
归到玉堂[4]清不寐[5],月钩[6]初上紫薇花。

【注释】

〔1〕集:聚集。〔2〕昏鸦:黄昏归巢的乌鸦。〔3〕敕使:传达圣旨的使臣。〔4〕玉堂:翰林院的代称。〔5〕清不寐:神思清醒,不能入睡。〔6〕月钩:形如弯钩的残月。

【译文】

皇宫道路两旁的绿槐树上,聚集着黄昏归巢的乌鸦,我应诏入宫,皇帝让我坐着喝茶。回到翰林院后,神思清醒不能入睡。初升的如钩残月,照在丛丛的紫薇花上。

【赏析】

这首诗全名为《入直召对选德殿赐茶而退》。入直,即进宫值班供职;召对,即应皇帝诏令前去询问国事。当时周必大任宰相,被皇帝召见询问国事应是常事。诗从黄昏入宫途中所见"昏鸦"聚集在两旁树上写起，颇具匠心。绿槐夹道本是好风景，但昏鸦集聚却又蒙上一层阴影，一种"伴君如伴虎"的心理跃然纸上。"坐赐茶"，幸遇皇帝款待，紧张的情绪稍微得以缓解。然而，回到翰林院，虽受到皇帝礼遇，可依然轻松不了：国事朝政责任重大，怎能入睡？

夏日登车盖亭
蔡　确

纸屏[1]石枕竹方床[2]，手倦抛书午梦长。
睡起莞然[3]成独笑[4]，数声渔笛在沧浪[5]。

【注释】

〔1〕纸屏：纸做的屏风。〔2〕竹方床：方形的竹凉床。〔3〕莞然：微笑的样子。〔4〕独笑：独自乐。〔5〕沧浪：青苍的水波浪。

【译文】

躺在纸屏风后面的石枕方竹床上，觉得手酸软了便抛开书睡了午觉，做了好梦。醒后回味梦境不禁独自笑起来，听到回荡在水波间的渔笛声传来。

【赏析】

作者蔡确，北宋进士，元丰五年（1082）拜相。元祐二年

（1087年）中,因受其弟蔡硕贪赃枉法一事牵连,被贬到安州,夏日登车盖亭,作诗十首,名《夏日登车盖亭》,此诗为第四首。诗中着意刻画了作者被贬官后的闲散心态和对隐居生活的向往。炎夏游亭归来,躺在纸屏风后面的石枕竹床上捧书阅读,不觉手酸而随手放下书本,美美地睡了一个午觉,而且做了一个好梦。醒来后回味梦事,不禁哑然失笑。总之,诗人一直沉浸在这种愉悦的回味之中,直到回荡在水波间的渔笛声传来,才使他如梦初醒。

直玉堂作
洪咨夔

禁门深锁寂无哗,浓墨淋漓两相麻[1]。
唱彻[2]五更天未晓,一墀[3]月浸紫薇花[4]。

【注释】

〔1〕两相麻:指作者两次代皇帝起草任命丞相的诏书。〔2〕唱彻:唱过,报过。〔3〕墀(chí):宫殿前的台阶。〔4〕月浸紫薇花:紫薇花沐浴在月光下。

【译文】

戒备森严的宫门紧锁,寂静而无喧哗之声,我为皇帝起草了两份诏书,纸上的墨迹还未干。五更刚刚报过,天色尚未露晓,台阶前的紫薇花沐浴在柔和的月光下。

【赏析】

作者洪咨夔,南宋诗人。此诗亦名《宣锁》,是诗人从宫中值班回到翰林院所作。诗中的"浓墨淋漓"表现出作者文思得意、踌躇满志之态。全诗皆在静中写景,在景中写人,情景交融。

竹 楼

李嘉祐

傲吏[1]身闲笑五侯[2],西江取竹起高楼。
南风不用蒲葵[3]扇,纱帽闲眠对水鸥。

【注释】

〔1〕傲吏:不为礼法所屈的清闲官吏,诗中指竹楼的主人。〔2〕五侯:泛指权位显贵者。〔3〕蒲葵:一种常绿乔木,叶、柄可制扇。

【译文】

不为礼法所屈的官吏一身清闲蔑视权位显贵者,用西江伐来的竹子搭起高楼。自有南风送爽,不需蒲葵扇子,戴一顶帽子闲躺在竹楼上,欣赏飞来飞去的鸥鸟。

【赏析】

作者李嘉祐是中唐诗人,其诗恬然清丽。诗以"傲"开头,刻画了一个恃才傲物的官吏形象。第一句用"笑"表现"傲",第二句用"起高楼"突出"傲",第三句用"不用蒲葵扇"映射出"傲",第四句用"闲眠"二字把"纱帽"与"水鸥"连在一起,也显出"傲"。全诗表达了诗人对竹楼主人清高傲世的钦慕与赞赏。

直中书省
白居易

丝纶阁[1]下文章静,钟鼓楼[2]中刻漏[3]长。
独坐黄昏[4]谁是伴,紫薇花对紫薇郎[5]。

【注释】

[1]丝纶阁:中书省,皇帝颁发诏书之处。[2]钟鼓楼:古时宫中报时的楼。[3]刻漏:古代以铜壶滴漏计时,依据壶上标尺来判断时间。[4]黄昏:指深夜。[5]紫薇郎:中书侍郎,在此自指。

【译文】

丝纶阁里十分安静,我已拟好诏书,钟鼓楼上传来悠长的报更声。夜深人静,我一人独坐,谁与我为伴?只有庭院中的紫

薇花面对着我这个紫薇郎。

【赏析】

这首诗是诗人任中书舍人时在中书省值夜班时所作,亦名《紫薇花》。末句中两个"紫薇",形影对照,更显得孤独寂寥。无人对话,只有思考。思考什么呢?当是忧国忧民的远大抱负吧。

观书有感

朱 熹

半亩方塘一鉴[1]开,天光云影共徘徊[2]。
问渠[3]那得清如许[4],为[5]有源头活水[6]来。

【注释】

〔1〕鉴:镜子。〔2〕徘徊:来回游移、走动。〔3〕渠:指池塘。〔4〕清如许:如此清澈。〔5〕为:因为。〔6〕活水:流动的水。

【译文】

半亩大的方塘水清澈如同明镜,映射出来回移动的云影和天光。问它怎么这样明净清澈,原来它的源头不断有活水流来。

【赏析】

　　诗题"观书",似为议论评说,但诗中却是事物描写。半亩大的池塘像镜子一样明净澄澈,天光云影都在镜子里闪耀浮游。若要询问它为何这般清澈,因为有源源不断的清水流进来。全诗围绕着"清"展开想象,层层铺开,以"鉴"作喻,以"天光云影"映衬,又设一问一答,妙趣横生。寓理于景,更加形象生动,便于理解。

泛 舟

朱 熹

昨夜江边春水生[1],艨艟[2]巨舰一毛轻[3]。
向来[4]枉费推移力,此日中流[5]自在行。

【注释】

〔1〕春水生：春天江水上涨。〔2〕艨艟（méng chōng）：古代的战船，诗中指大船。〔3〕一毛轻：像一片羽毛那样轻。〔4〕向来：历来。〔5〕中流：河流之中。

【译文】

昨夜里春潮突发，河水猛涨，战舰般的大船浮起像一片羽毛一样轻盈。以前枉费了许多推舟的力气，如今它可以自由自在地在河中航行。

【赏析】

这首诗与前诗同为"观书有感"，上首以"方塘"为题，此篇以"泛舟"为题。因为昨夜一场春雨，江水陡涨，汹涌澎湃。虽然乘坐的船是"艨艟巨舰"，在滚滚江水中却轻如鸿毛，飘摇不定。以往江水枯竭时，舟船搁浅，常需人力推移，其实也是枉费力气，而此时中流泛舟却自在轻快，犹如"一江春水向东流"。诗人写泛舟江水，意在说明做事情要遵循客观规律，客观条件达到了，就会事半功倍。

冷泉亭

林 稹

一泓[1]清可沁[2]诗脾,冷暖年来只自知。
流出西湖载[3]歌舞[4],回头不似[4]在山时。

【注释】

〔1〕一泓:一汪深水。〔2〕沁:浸润。〔3〕载:浮起,承载。〔4〕歌舞:指满载歌舞伎的游船。〔5〕不似:不像。

【译文】

一汪清澈的泉水浸润无尽的诗兴,冷也罢暖也罢,年来岁去只有泉水自己知道。一旦泉水流入西湖浮载歌舞游船,便不像原来在山中那般清澈。

【赏析】

"冷泉亭"在今杭州西湖北岸灵隐寺前飞来峰下。诗人游冷泉亭时,偶然间从"冷泉"二字得一意境,全诗围绕"冷泉"一气呵成。诗中意蕴与"人之初,性本善。性相近,习相远"相似,表达了诗人对善始善终、持守节操者的赞赏。

冬 景

苏 轼

荷尽已无擎雨盖[1],菊残[2]犹有傲霜枝[3]。
一年好景君须记,最是橙黄橘绿时。

【注释】

〔1〕擎雨盖:指荷叶。〔2〕菊残:指枯萎的菊花。〔3〕傲霜枝:指耐霜的枝叶。

【译文】

荷花开尽,荷叶枯萎,不再举起绿色伞盖,菊花虽凋零,但仍有不把严霜放在眼里的菊枝。请你记住一年中最美的景色,正是在这橙黄橘绿的季节。

【赏析】

此诗原名《赠刘景文》,刘景文时任两浙兵马都监,常与苏轼诗酒往还,交谊甚厚。这首诗赞美初冬景色,着眼于"色"字,先用"荷尽""菊残"作比、烘托。前两句描写凋残的花色,欲扬先抑;后两句独选冬景上佳之色,赞美了菊花"傲霜"的凛凛晚节,借以赞颂刘景文高洁的品格。

枫桥[1]夜泊[2]

张 继

月落乌啼[3]霜满天,江枫[4]渔火对愁眠。
姑苏[5]城外寒山寺,夜半钟声到客船。

【注释】

[1]枫桥:在今江苏省苏州市阊门外。[2]泊:停船靠岸。[3]乌啼:栖息在树上的乌鸦啼叫,说明天将亮。[4]江枫:江边的枫树。[5]姑苏:苏州的别称。

【译文】

月落西山,乌鸦啼叫,寒霜茫茫遍野,面对着江边的枫树和渔船的灯火,我愁闷难眠。姑苏城外的寒山寺里,半夜的钟声传到客船上。

【赏析】

诗人在一个深秋的子夜泊船枫桥,不能成眠,羁旅乡愁油然而生,于是写下了这首诗作。全诗从远处写起,首句七个字描绘了"月落""乌啼""霜满天"三种景象。接着在秋月渐落的背景下,描写近景中的枫叶和渔火,同时抒发愁绪。最后两句写姑苏城外的客船上,能听到寒山寺的夜半钟声。"到"字准确地勾勒出了钟声由远及近给人的听觉冲击,衬托出诗人"对愁眠"的心境。全诗中景物既具体又夸张,展现出了诗人高超的艺术技巧。

寒 夜

杜 耒

寒夜客来茶当酒,竹炉[1]汤[2]沸火初红。
寻常[3]一样窗前月,才有梅花便不同。

【注释】

[1]竹炉:外壳竹编内置小钵的火炉。[2]汤:水。[3]寻常:平常,往常。

【译文】

寒夜里有客人来就以茶代酒,竹炉上的水沸了炉火通红。与平常一样的窗前月景,开着一丛梅花,立刻就变得不同。

【赏析】

作者杜耒,南宋诗人,这首诗是他在冬末的寒冷之夜招待来客时的即兴之作,表现了一种"有朋自远方来,不亦乐乎"的喜悦心情。寒冷的夜晚以茶代酒招待

远道而来的客人,炉内炭火炽红,茶水沸腾。窗外月光皎洁,和往常没有两样,但今夜却感觉那梅花平添了几分不一样的色彩。"茶当酒"表现了"君子之交淡如水"的高雅,"火初红"喻指待客热情,"一样"与"不同"反映出诗人此时此刻的特有心境,寥寥数语,暗中呼应,其情景、意境栩栩如生,跃然纸上。

霜 夜

李商隐

初闻征雁[1]已无蝉,百尺楼台水接天。
青女[2]素娥[3]俱耐冷,月中霜里斗婵娟[4]。

【注释】

[1]征雁:远飞的雁,这里指南飞的大雁。[2]青女:神话传说中的霜神。[3]素娥:嫦娥的别称。[4]婵娟:美好的姿容。

【译文】

刚听到飞雁的叫声,蝉儿已经没了踪影,站在高楼上放眼望去只见茫茫秋水连接着蓝蓝的天。青女与嫦娥都不怕寒冷,在月宫和霜天里争妍斗艳。

【赏析】

李商隐是唐代著名诗人,他性格孤高绝俗、耿直不屈,他的诗"高情远意",构思精细,语言清丽。此诗以深秋之夜作为时间背景,着墨于霜天月色的景象描写。深秋时节,大雁南飞,蝉鸣已没。此时,在高高的楼台上,诗人独自倚栏,极目水光天色交相辉映,托出一轮明月,青女和嫦娥都在寒霜中争妍斗艳,各显异彩。此诗也反映了诗人对光明及美好事物的向往。

梅

王 淇

不受尘埃[1]半点侵,竹篱茅舍自甘心。
只因误识[2]林和靖[3],惹[4]得诗人说到今。

【注释】

〔1〕尘埃:比喻世俗。〔2〕误识:无意中结识。〔3〕林和靖:林逋,字君复,谥和靖先生,北宋诗人,一生不仕不娶,隐居西湖孤山,专植梅花、养仙鹤。〔4〕惹:招来,引起。

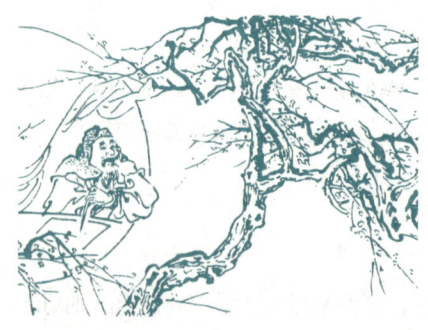

【译文】

拒绝半点的污秽尘埃沾染,植根于竹篱草屋也心甘情愿。只因被林和靖赏识喜爱,才被一代代诗人吟颂至今。

【赏析】

这首诗以"梅"为题,赞颂梅花高洁的品格。诗中采用拟人的手法,代梅立言,寓庄于谐,表现了诗人对清高人格崇尚的心志。这些梅花虽然生长在竹篱旁、茅檐下,但它们安贫乐道,顺乎自然,既不沾染尘埃,也不消极自弃,只是因为偶然与林和靖缔结了"梅妻鹤子"的佳话,故而被诗人骚客吟颂到今天。前两句以"竹篱茅舍"映衬梅花品质高洁;后两句以一种假设的情节,巧妙地托出林和靖这个时人公认的品德高雅的隐士。"误识"实是反语,表明诗人对林和靖的崇尚和对梅花的赞美。

早 春

白玉蟾

南枝[1]才放两三花,雪里吟香[2]弄粉[3]些[4]。
淡淡著烟浓著[5]月,深深笼水浅笼[6]沙。

【注释】

〔1〕南枝:向阳的花枝。〔2〕吟香:吟咏初开的香花。〔3〕弄粉:赏玩含苞初放的花蕊。〔4〕些:句末语气助词。〔5〕著:笼罩。〔6〕笼:投影。

【译文】

朝南的梅枝刚开两三朵花,我就在雪地里吟诗赏花闻香。那空中雾气、漫天月色笼罩着或淡或浓的白花,花影深深地投在水里,或浅浅地印在沙上。

【赏析】

作者白玉蟾,南宋道士,学道武夷山,为南宋道教五祖之一,一生善画梅兰竹菊,擅诗文。这首诗以"早春"为题,是一首咏景之作。诗中先写花开早,向阳枝头刚刚开出两三朵梅花,在皑皑白雪的映衬下,显得分外妖娆。后转而描写月光和烟雾,由于月光渐移,烟雾缭绕,使得花影刚刚还在深深的水底,此时又投影在沙滩上。此句借用了杜牧的"烟笼寒水月笼沙",但自有创意,并与全诗浑然天成。

雪 梅（其一）

卢梅坡

梅雪争春未肯[1]降[2]，骚人[3]阁笔费评章[4]。
梅须逊[5]雪三分白，雪却输[6]梅一段香。

【注释】

[1]未肯：不肯，不甘。[2]降：认输。[3]骚人：指诗人。[4]评章：评判。[5]逊：比不上。[6]输：不如。

【译文】

梅和雪竞相争春，互不认输，诗人只好放下笔细加评判。梅花不如雪花那么洁白，雪花不及梅花清香怡人。

【赏析】

卢梅坡为宋代诗人，本诗评判了雪与梅的高下，又说明二者互为陪衬的另一面，梅花和白雪媲美争夺春色，互不相让，诗人墨客们无法评论，只好搁笔。梅花应该承认自己没有雪那么洁白，白雪也要承认自己不及梅花清香。诗人的笔下，梅与雪各有千秋，相得益彰，各自谦让一步，自然互见短长。诗人借此倡扬谦逊之美。

雪 梅（其二）

卢梅坡

有梅无雪不精神[1]，有雪无诗俗了人[2]。
日暮诗成天又雪，与梅并作[3]十分春。

【注释】

〔1〕精神：神采，意韵。〔2〕俗了人：给人庸俗之感。〔3〕并作：合作，合成。

【译文】

梅花没有雪花映衬就缺乏神韵,赏雪不吟诗章则显得庸俗。傍晚写好诗天空又下起雪,三者合一构成最美丽的春色。

【赏析】

此诗为前一首的姐妹篇,应为同一作者;但有一说,认为此首为南宋徽州祁门(今安徽祁门)人方岳所作。原编者将二首作者确定为一人,当是合理的,此二首主题思想、构想创意皆有内在联系,但又有不同的侧重点。这首诗实写雪而虚写梅,并安排了一个"第三者"——诗。雪、梅、诗交相辉映,缺一不可,有梅花而无白雪映衬则缺乏神韵,有白雪没有诗咏则显庸俗。傍晚诗人刚刚把诗写好,天上便飘起了雪花,此时,雪花、梅花、诗共同构成一幅美景。

答钟弱翁

牧 童

草铺横野[1]六七里,笛弄[2]晚风三四声。
归来饱饭黄昏后,不脱蓑衣卧[3]月明。

【注释】

〔1〕横野:遍野。〔2〕弄:伴。〔3〕卧:诗中指露宿。

【译文】

芳草在原野上绵延六七里,三四声悠扬的笛声伴着微微的晚风传来。回家吃饱饭已是黄昏,连蓑衣都不脱便躺下睡在月色里。

【赏析】

牧童者,姓氏不详,但题中钟弱翁却是史有其人,钟弱翁为宋代人,官至龙图阁学士,但钟弱翁屡被贬谪,仕途坎坷。这首诗以牧童的口吻答钟弱翁。翠绿的青草铺满了原野,三四声笛声伴着晚风传来。诗人黄昏后归来吃饱饭,蓑衣未脱便在朗月之下露宿而卧。诗中以悠然自得、无忧无虑的生活来反衬宦海沉浮、官场险恶,其自嘲之意自在不言中。

泊秦淮

杜 牧

烟笼寒水[1]月笼沙,夜泊秦淮近酒家。
商女[2]不知亡国恨[3],隔江犹唱[4]后庭花[5]。

【注释】

〔1〕寒水:指秦淮河水。〔2〕商女:卖唱的歌伎。〔3〕亡国恨:南朝国家灭亡的遗恨。〔4〕犹唱:还在唱。〔5〕后庭花:歌曲名,即《玉树后庭花》。

【译文】

轻烟和月光笼罩着河水和沙滩,小船停泊在秦淮河畔的酒家旁。卖唱的歌女不懂得亡国的痛苦,隔江还能听到她在唱《玉树后庭花》。

【赏析】

这首诗通过描写夜泊秦淮河的所见所闻,寄寓了诗人对现实的不满与无奈,同时揭露了晚唐统治集团沉溺于声色、醉生梦死的腐朽生活。第一、二句,诗人以一幅月色迷蒙轻烟淡雾笼罩着秋夜的河水的图景,引出人物。一个"近"字,点明了诗人观景的视角。后两句着重抒情,是全诗的重点。由"酒家"引出"商女",又由"商女"引出《玉树后庭花》一曲,由视觉转向听觉,自然顺畅,境中生意,意中抒情,有感而发,独具匠心。

归 雁

钱 起

潜湘[1]何事等闲回,水碧沙明两岸苔[2]。
二十五弦[3]弹夜月,不胜清怨却飞来。

【注释】

〔1〕潇湘：河名，指湘江、潇水。〔2〕苔：青苔，此处泛指草木。〔3〕二十五弦：此处代指瑟，瑟有二十五弦。

【译文】

雁儿为什么不停留在美丽的潇湘而轻易返回？水绿沙白，两岸长满青翠草木。原来是湘水女神在月光下弹起瑟，大雁受不了音乐中那份凄凉哀怨才飞回北方。

【赏析】

这是一首咏雁的名诗。诗人是南方人，但长期在长安做官，此诗正是借归雁南飞表达思乡之情。大雁飞到

潇湘之畔,不知何故又返回(湖南衡阳县南有回雁峰,传说大雁到此不再南飞而返回)。潇湘之畔有的是碧水明沙和茂盛的草木,难道那里不是理想的栖息之地吗?第三、四句对大雁"等闲回"的原因做出另一种解答:原来是月明之夜湘水女神弹起了哀怨的音乐,大雁禁不住乐声的感染,于是纷纷飞回。诗人寄情于雁,托志于"归",推究于"怨",缱绻思乡意,拳拳爱国心,尽在诗句中。

早朝大明宫

贾至

银烛[1]朝天紫陌[2]长,禁城[3]春色晓苍苍。
千条弱柳垂青琐[4],百啭流莺绕建章[5]。
剑佩声随玉墀[6]步,衣冠身惹御炉[7]香。
共沐恩波[8]凤池[9]上,朝朝染翰[10]侍君王。

【注释】

〔1〕银烛:银色烛光,此处代指月光。〔2〕紫陌:京城郊野的道路。〔3〕禁城:皇帝宫苑,禁止一般人进出之地。〔4〕青琐:宫廷门窗上刻有连环花纹,并涂上青色,故名青琐。〔5〕建章:汉代宫殿名称,这里代指大明宫。〔6〕玉墀:皇宫中的台阶,多为玉石铺成。〔7〕御炉:皇帝用的香炉。〔8〕沐恩波:身受皇帝的恩泽。〔9〕凤池:凤凰池,指中书省。〔10〕染翰:点染笔墨,指为国家起草诏令。

【译文】

月光照在朝见天子的长长的道路上,拂晓时皇城呈现出一片青苍的景色。条条柔弱的柳枝低垂在宫门前,飞舞的黄莺绕着宫殿婉转鸣叫。碎步走上宫殿台阶,身上的宝剑和玉佩不断撞击发出声响,整齐的衣冠沾上从御炉中飘出的香气。我和中书省同僚沐浴着天子的恩泽,每天撰写诏书侍奉圣明的君王。

【赏析】

此诗以"早朝大明宫"为题,是诗人随肃宗在长安大明宫赦天下之时所作。全诗歌功颂德,人称"御用诗",虽其思想内容无可取之处,但仍具有一定造诣。全诗紧扣主题,首联用"银烛朝天"表现"早朝",御街深宫,春晓月沉;颔联紧扣"明"字,柳笼宫院,流莺百啭,气氛浓郁;颈联扣住"朝"字,群臣诚惶诚恐,彬彬有礼,突出帝王的威严;尾联歌颂皇帝恩德,表达忠于职守、报恩勤王的忠心。句句意境鲜明,前后情景交融,当为应制诗中的上乘之作。

和贾舍人早朝

杜 甫

五夜漏声[1]催晓箭[2],九重[3]春色醉仙桃。
旌旗日暖龙蛇动,宫殿风微燕雀高[4]。
朝罢[5]香烟携满袖,诗成珠玉[6]在挥毫[7]。
欲知世掌丝纶[8]美,池上于今有凤毛[9]。

【注释】

〔1〕漏声：铜壶滴水声。〔2〕箭：古代漏壶上计时的标记，形状似箭。〔3〕九重：皇帝居住之地。〔4〕燕雀高：燕子高飞。〔5〕朝罢：早朝结束。〔6〕珠玉：珠圆玉润，形容语言婉转流畅。〔7〕挥毫：运笔书写。〔8〕世掌丝纶：父子或祖孙相继在中书省代皇帝起草诏书。〔9〕凤毛：凤毛麟角，比喻稀少而珍贵的人或物。

【译文】

五更时分漏声滴滴答答催着漏箭迎拂晓，皇宫里春色无边，春风吹醉了红桃。旌旗上的龙蛇在暖融融的朝阳中舞动，燕子在微风中高翔于殿檐之上。大臣退朝后衣襟都带着熏香味，诗兴一来挥笔纸上，顿时文采就像美玉珠宝。要想知道谁是几辈人都能拥有替皇上掌管诏令的荣耀，那就是凤凰池上贾至他们一家人了。

【赏析】

这首诗是杜甫和贾至的《早朝大明宫》诗。和，即以诗歌相酬答，亦名和诗。因是和诗，所以诗中内容及措辞须与贾至原诗相一致，特别是咏题的对象不能更改，故诗人和其诗最后都赞贾至家风之盛。

和贾舍人早朝

王 维

绛帻[1]鸡人[2]报晓筹[3],尚衣[4]方进翠云裘[5]。
九天阊阖开宫殿,万国衣冠[6]拜冕旒[7]。
日色才临仙掌[8]动,香烟[9]欲傍衮龙[10]浮。
朝罢须裁[11]五色诏[12],佩声归到凤池[13]头。

【注释】

〔1〕绛帻(jiàng zé):红头巾。〔2〕鸡人:在宫中负责报时的小官,其头戴红头巾。〔3〕报晓筹:古时宫中计时的工具为筹,击打发声,五更为报晓筹。〔4〕尚衣:尚衣局,这里指负责管理皇上服饰的小官。〔5〕翠云裘:饰有翠绿色云纹的皮衣。〔6〕万国衣冠:各国使臣。〔7〕冕旒(miǎn liú):皇帝所戴的礼冠,这里代指皇上。〔8〕仙掌:皇帝专用遮风挡日的掌扇。〔9〕香烟:宫殿上焚烧香料所生的烟气。〔10〕衮龙:龙袍上的龙形图案。〔11〕裁:这里指书写。〔12〕五色诏:用五色纸书写的诏书。〔13〕凤池:指中书省。

【译文】

头戴红巾的报晓人高声报说清晨已至,掌管皇上衣饰的官员准时捧来皇上上朝穿的翠云裘。高耸入云的宫殿大门一一开启，各国使臣纷纷整肃衣冠朝拜帝王。张开的掌扇迎着初升的朝阳，烟雾缭绕好像随着龙袍上的云龙漂浮。早朝完毕还要撰写五色诏书，玉佩撞击声一直响到中书省的尽头。

【赏析】

本诗也是《早朝大明宫》的和诗。诗人以独特的视角，从表现宫廷生活入手，正面描写皇帝临朝时的情景。开头由鸡人报晓写到皇帝更衣的起居仪式，繁缛隆重，进而描写早朝盛大的、万国朝拜的场面。接着进一步细致描写早朝的庄严、隆重、华贵。最后极赞贾至作为皇帝的近臣身居要职而备受恩宠。因为这是酬和贾至歌颂早朝的诗，故尾联点明主题，并无溢美之词。

和贾舍人早朝

岑 参

鸡鸣紫陌[1]曙光寒，莺啭皇州[2]春色阑[3]。
金阙[4]晓钟[5]开万户，玉阶仙仗[6]拥千官。
花迎剑佩星初落[7]，柳拂旌旗露未干。
独有凤凰池上客[8]，阳春一曲[9]和皆难。

【注释】

〔1〕紫陌：京城郊野的道路。〔2〕皇州：皇城，指长安。〔3〕春色阑：春天将尽。〔4〕金阙：指大明宫。〔5〕晓钟：大明宫前的钟鼓楼，用于报时，故名报晓钟。〔6〕仙仗：指皇

宫的仪仗队。〔7〕星初落：黎明时繁星隐去。〔8〕客：亦指贾氏一家。〔9〕阳春一曲：古代楚国的名曲《阳春》《白雪》。

【译文】

金鸡报晓，长安街上曙光犹寒；莺啼婉转，皇都内外春意阑珊。晨钟里金碧辉煌的宫殿打开千万重门，皇家仪仗队簇拥着上朝的文武百官。繁星渐隐，花儿摇曳，仿佛在迎接戴着宝剑玉佩上朝的大臣；晨风习习，柳枝轻拂着旌旗，叶上的露水还未干。唯有凤凰池上世代供职的贾舍人，一首《上朝》诗，则如《阳春》《白雪》那般难和。

【赏析】

本诗也是《早朝大明宫》的和诗。这首诗紧扣"早朝"主题，诗中"曙光寒""春色阑""晓钟""星初落""露未干"均体现了一个"早"字，而"金阙""仙仗""拥千官""旌旗"皆表现了一个"朝"字。这首诗被后人赞誉"精工整密，字字天成"，对场面的描绘很有特色。

上元应制
蔡　襄

高列千峰[1]宝炬森[2]，端门[3]方喜翠华[4]临。
宸游[5]不为三元夜[6]，乐事还同万众心。
天上清光[7]留此夕，人间和气阁[8]春阴[9]。

要知尽庆华封祝[10]**,四十余年惠爱**[11]**深。**

【注释】

〔1〕千峰:指皇宫中彩灯堆叠如山。〔2〕宝炬森:形容元宵节时彩灯林立。〔3〕端门:皇宫正门,即午门。〔4〕翠华:皇帝身后的障扇,此指仪仗队。〔5〕宸游:帝王巡游。〔6〕三元夜:农历正月十五(上元)、七月十五(中元)、十月十五(下元),这里指上元夜。〔7〕天上清光:夜空清朗澄澈。〔8〕阁:同"搁",留。〔9〕春阴:春夜。〔10〕华封祝:古时之词,传说唐尧巡视华地,守疆人祝他长寿、富有、多子。〔11〕惠爱:仁爱。

【译文】

灯烛林立,像高高排列的千座山峰,皇帝正高兴地登临到午门上。天子出游不是为观看如山的彩灯,而是要与民同乐。清朗澄澈的月光在今夜流连,人间祥和的气息如同留住了春夜。为什么百姓都效仿华州守疆人祝颂天子,那是皇上在位四十多年对百姓仁爱的缘故。

【赏析】

作者蔡襄,北宋书法家,其诗亦佳。这首《上元应制》是元宵节奉皇帝之命而作,故称"应制",完全是为歌功颂德,无现实意义,但其诗品艺术却有借鉴之用。全诗极力歌颂皇帝的享乐为"与民同乐",俯顺民情。开篇描写彩灯无数、明烛林立、灯火阑珊、万众欢腾的场景;颔联、颈联进一步渲染"乐事还同万众心"这一主题;尾联以设问手法,为全诗的歌颂得出一个公式般的结论。诗中工对、韵律及立意、措辞很见功夫,读来朗朗上口。

上元应制

王 珪

雪消华月[1]满仙台[2],万烛当楼[3]宝扇[4]开。
双凤[5]云中扶辇[6]下,六鳌[7]海上驾山来。
镐京[8]春酒沾周宴[9],汾水[10]秋风[11]陋汉才。
一曲升平[12]人共乐,君王又进紫霞杯[13]。

【注释】

〔1〕华月:皎洁的月光。〔2〕仙台:皇帝赏月的楼台。〔3〕当楼:正对着楼。〔4〕宝扇:皇帝身后的障扇。〔5〕双凤:指服侍皇帝手持障扇的两个宫女。〔6〕辇(niǎn):皇帝的车子。〔7〕六鳌(áo):传说中的大海龟,诗中指灯景鳌山。〔8〕镐京:诗中指北宋都城。〔9〕周宴:周武王在镐京春宴群臣,群臣则称颂为沾皇恩。〔10〕汾水:指汉武帝巡游汾水。〔11〕秋风:巡游时君臣共赋《秋风辞》。〔12〕升平:古时皇宫中歌颂太平的曲子。〔13〕紫霞杯:酒杯名,诗中指杯中的酒。

【译文】

冰雪消融,皎洁的月光铺满仙宫般的殿宇。万根蜡烛正映照着高楼,打着宝扇的仪仗队从两边分开。双凤好似从云端里扶着御辇而降,华美的灯簇好比是六鳌把仙山从海上背来。今日君王赐宴，恰似当年周武王在镐京大宴群臣。现在君臣赋诗，令汉武帝的《秋风辞》文才尽失。奏一曲《万岁升平》，君臣听得乐开怀，君王提议再次祝酒。

【赏析】

作者王珪，北宋诗人，神宗时入相。这首诗是皇帝《上元观灯》诗的唱和之作。大凡这种"应制"诗词都必须运用一些公式化的歌颂词汇，如"仙台""宝扇""双凤""六鳌""升平"等，同时还要引用一些典故，如"六鳌海上驾山来""镐京春酒沾周宴""汾水秋风陋汉才"等。这种应制诗的格式称"使事"，王安石评价此诗"使事不为事使"。

侍　宴

沈佺期

皇家贵主[1]好[2]神仙，别业[3]初开云汉边[4]。
山出尽如鸣凤岭[5]，池成不让饮龙川[6]。
妆楼翠幌[7]教春住，舞阁金铺[9]借日悬。
敬从乘舆[10]来此地，称觞[11]献寿乐钧天[12]。

【注释】

〔1〕贵主：诗中指安乐公主。〔2〕好：喜好，信奉。〔3〕别业：别墅。〔4〕云汉边：喻楼观之高，上接云天。〔5〕鸣凤岭：岐山，长安附近的名山。〔6〕龙川：沂水。〔7〕翠

幌:翠绿的帐幕。〔8〕舞阁:供歌舞用的楼阁。〔9〕金铺:门环上的黄金装饰。〔10〕乘舆:专用于帝后的车驾。〔11〕称觞:举杯。〔12〕钧天:神话中祝福的乐曲。

【译文】

帝王家高贵的公主喜欢神仙,新建的别墅高耸入云。假山嵯峨壮观像鸣凤岭,池湖碧波浩荡如沂水。妆楼内的绿色帐幕让春色常驻,舞楼宫门上的金色装饰像太阳般闪闪发亮。众大臣恭敬地跟随皇帝的车驾来到这里,举杯祝福皇帝万寿无疆。

【赏析】

作者沈佺期,初唐诗人,与宋之问齐名,并称"沈宋",在律诗的定型方面贡献很大。这首诗是诗人伴驾唐明皇在安乐公主新府第宴席上所作。安乐公主乃唐明皇之妹,因山庄(别墅)新第宴请,明皇命侍臣赋诗,此为其中一首。诗中运用了夸张的手法,如在首联中——公主这座府第好比神仙洞府,高耸的楼阁接近了云霄;又如在颔联中——假山像鸣凤岭一样嵯峨壮观,池湖像饮龙川一样碧波浩荡。诗中展示了皇室家族的骄奢豪侈,虽是歌颂之诗,却不乏嘲讽之意。

答丁元珍

欧阳修

春风疑不到天涯,二月山城[1]未见花。
残雪压枝犹有橘,冻雷[2]惊笋欲抽芽。

夜闻啼雁生乡思，病入新年感物华[3]。
曾是洛阳花下客[4]，野芳[5]虽晚不须嗟。

【注释】

〔1〕山城：三峡白帝城。〔2〕冻雷：早春的雷。〔3〕物华：唐代诗人王勃有"物华天宝"的诗名，这里指美好的事物。〔4〕花下客：指诗人曾在洛阳做官。〔5〕野芳：野花。

【译文】

疑心春风吹不到这遥远的边疆，二月的山城还没见到鲜花开放。残雪尚未消融的枝上还挂着红红的橘子，春雷声声把竹笋惊醒准备抽出新芽。夜里听到雁声开始思念家乡，病中感慨新的一年美好之物起了变化。曾经是洛阳牡丹花下待过多时的人，这里的野花虽然开得晚也不必嗟叹。

【赏析】

丁元珍是欧阳修的友人，当时正在边远的陕州任军事判官。这首诗是回复丁元珍贬居边城后的第一封来信，以慰勉友人"守身待时"、积极向上，于愁闷中解脱自我。

插花吟

邵雍

头上花枝照酒卮[1]，酒卮中有好花枝。
身经两世[2]太平日，眼见四朝[3]全盛时。
况复[4]筋骸[5]粗康健，那堪[6]时节正芳菲[7]。
酒涵[8]花影红光溜[9]，争忍[10]花前不醉归。

【注释】

[1]酒卮（zhī）：古代盛酒的器皿。[2]两世：古时以三十年为一世，两世为六十年，诗中指诗人年过花甲。[3]四朝：指宋真宗、仁宗、英宗、神宗四朝。[4]况复：何况又。[5]筋骸：身体。[6]那堪：再加上，更有。[7]芳菲：指花草美好，诗中泛指美好的事物。[8]涵：浸润。[9]红光溜：红花光影闪烁不定的样子。[10]争忍：怎忍。

【译文】

发髻上插的花枝映入酒杯，酒杯里也有美丽的花儿。亲身经历了整六十年太平岁月，亲眼见证了四位君王的全盛时期。何况我又身体健康，再加上这大好时节，满眼春芳。酒杯里映着花朵的影子红光闪动，怎忍心在花前不醉而归？

【赏析】

　　作者邵雍是北宋哲学家,亦工律诗。插花指古代男子发髻上的插花。这首诗即以"插花"为题,歌颂太平盛世,人们自得其乐,人亦称之为"醉歌"。鬓发插花,手持酒杯,杯中浮现花影,诗人亦饮亦歌。诗人自述一生度过了六十年的太平岁月,历经四代皇帝的盛世,何况身子骨还算健康,再加上时值大好的时节,笑眯着醉眼,看着杯中的花影,这怎能不叫人痛饮到大醉方归呢?诗中可见北宋开国后"百年无事"的升平景象,以及一些人在富足的生活中安度一生而心满意足的精神状态。

寓　意

晏　殊

油壁香车[1]不再逢,峡云[2]无迹[3]任西东。
梨花院落溶溶月,柳絮池塘淡淡风。
几日寂寥伤酒[4]后,一番萧瑟[5]禁烟[6]中。
鱼书[7]欲寄何由达[8],水远山长处处同。

【注释】

　　[1]油壁香车:古代一种用油漆涂饰车壁的车子,因装饰华贵而名香车。[2]峡云:巫峡山间的云雾。[3]无迹:变幻莫测。[4]伤酒:酒醉。[5]萧瑟:萧条,冷落。[6]禁烟:指寒食节禁烟火。[7]鱼书:书信,语出古乐府"呼儿烹鲤鱼,中有尺素书"句。[8]何由达:怎样才能送达。

【译文】

再也遇不上那豪华香车中的佳人,像巫峡中的云没了踪迹,不知往西还是往东。开着梨花的院落中月色溶溶,飘着柳絮的池塘上春风淡淡。一连几天寂寞无聊,借酒消愁,酩酊大醉,满目萧瑟。因在寒食节禁忌烟火中,要想寄封信怎么能寄到呢?到处都水远山长,道路不通。

【赏析】

晏殊的诗在富贵气中又带有缠绵悱恻的情致,故有"富贵闲人"之称。此诗题为"寓意",意为一段幽怨难以明说,只好含蓄地表达。首联飘忽传神,油壁香车刚刚碾过又骤然消失,像彩云飘忽不定,喻爱情起波折;颔联景中有情,院落中的梨花沐浴在如水的月光中,飘着柳絮的池塘上有淡淡轻风,描绘出一种情致缠绵的意境;颈联写眼前景况,欲遣不能,一副颓唐、沮丧的失落景象;尾联则宕开一笔,自问自答,自我排遣,似乎想从抑郁的爱情伤感中挣脱出来,以寄书信的方式找回失去的爱情。

清 明

黄庭坚

佳节清明桃李笑[1],野田荒冢只生愁。
雷惊天地龙蛇[2]蛰[3],雨足郊原草木柔。
人乞祭余[4]骄妾妇,士甘焚死[5]不公侯[6]。
贤愚千载知谁是,满眼蓬蒿[7]共一丘。

【注释】

〔1〕笑：形容花开放。〔2〕龙蛇：指冬眠中的动物。〔3〕蛰：惊蛰节令，指冬眠的动物到了春天开始活动。〔4〕人乞祭余：形容困窘或者为牟利不择手段，典出《孟子·离娄下》。〔5〕士甘焚死：引用介子推的典故。〔6〕不公侯：不愿意做官。〔7〕蓬蒿：野草。

【译文】

清明时节桃李盛开，仿佛花儿在开怀大笑，原野上荒凉的坟墓令人生愁。春雷惊醒冬眠的动物，春雨滋润原野，草木纷纷把叶芽儿抽。齐人乞讨祭食回家向妻妾夸口结交富豪，介子推宁愿被烧死也不做公侯。贤能也好，愚昧也罢，千年以后谁又知道谁，眼前全都成了蓬蒿里的黄土堆成的一个个坟丘。

【赏析】

古时清明节接寒食节，有扫墓的习俗。诗人此时被诬陷贬宜州（今广西宜州市），心中抑郁，借咏清明，抒发了"齐万物，一死生"的人生感慨。清明扫墓多哀伤，而此诗却以"笑"开篇，桃李花开似笑迎扫墓人，但见荒凉的坟墓又不由生出愁绪，一笑一愁，情绪起落有致；颔联又以饱满的热情描绘春气使大地万象更新；颈联又由喜转悲，引用典故——齐人乞讨祭剩的酒肉后，还回家向妻妾炫耀自己天天被宴请，以此影射奸臣献媚的卑鄙形象；尾联劝人也是自劝，谁贤谁愚千古后难以评说，最终都不免同归蓬蒿荒冢。全诗读来喜哀跌宕，时时出奇，不同凡响。

清 明

高翥

南北山头多墓田[1],清明祭扫各纷然[2]。
纸灰飞作白蝴蝶,泪血染成红杜鹃。
日落狐狸眠[3]冢上,夜归儿女笑灯前。
人生有酒须当醉,一滴何曾[4]到九泉[5]。

【注释】

[1]墓田:坟墓,坟地。[2]纷然:纷纷,三五成群的样子。[3]眠:夜宿,栖身。[4]何曾:何时。[5]九泉:黄泉,人死后的葬处。

【译文】

南面北面的山上坟墓很多,清明时节家家户户都去祭扫。纸灰飘飞似白蝶漫天翩跹,啼哭悲切像杜鹃泪血斑斑。日落后狐狸在坟头安眠,夜晚扫墓归来儿女们在灯前笑谈。人生在世,有酒应当畅饮酣醉,死后何曾有一滴能流到九泉。

【赏析】

作者高翥(zhù),南宋诗人,是江南诗派中的重要人物,有"江湖游士"之称。这首诗是清明日对酒之作。首联从清明的祭扫情景入笔,"多墓田""各纷然"勾画出全诗的背景;颔联往细处写,并运用比喻手法,将纸灰比作白蝴蝶,把祭扫人的啼哭比作"子规啼血";颈联又从白天写到晚上,并笔分两处,一写野外的狐狸,一写室内欢笑的儿女,由哀到喜;尾联则劝人劝己,与李白的《将进酒》"人生得意须尽欢,莫使金樽空对月"有异曲同工之妙。全诗展现了多幅画面,从白天写到夜晚,由野外写到室内,由悲伤写到欢笑,层层布景,层层立意,最后以议论作结,自然流畅。

郊行即事

程 颢

芳原绿野恣行[1]时,春入遥山碧四围[2]。
兴逐乱红[3]穿柳巷,困临流水坐苔矶[4]。
莫辞[5]盏酒十分劝,只恐风花[6]一片飞。
况是[7]清明好天气,不妨游衍[8]莫忘归。

【注释】

〔1〕恣行:尽情行走。〔2〕碧四围:绿满四野。〔3〕乱红:指繁多的花。〔4〕苔矶:河岸长满青苔的石头。〔5〕莫辞:不要推辞。〔6〕风花:风中的春花。〔7〕况是:何况是。〔8〕游衍:恣意游逛。

【译文】

花红草绿的原野任你尽情穿行,远山春意正浓,绿满四野。乘兴追逐落花穿过柳树林，困乏时就坐在溪边长满青苔的石头上休息。不要推辞朋友的劝酒直到酣醉，只怕那花儿在风中一瓣瓣被吹散。况且今天又是风和日丽的好天气，不妨尽情地游玩，到天黑可别忘了回家。

【赏析】

这首诗题为"郊行即事"，意为春日郊游记事之作。诗人借咏景而寓"即物穷理""自强不息"的思想情感。首联写原野香花绿草，正是尽兴游览的时节，大好春光掩映着远山近水，春意盎然；颔联写人们兴致勃勃地追逐着落花，穿行于柳树之间，困乏了便坐在长满青苔的石头上休息；颈联写别推辞相互间的劝酒，只怕风中的春花被吹落飘散；尾联写眼下正是春和景明的好天气，不妨再游览几处，但不要乐而忘返。诗人仅用"况是""不妨""莫"几笔一转，告诫游人：莫辜负这大好春光，也莫要蹉跎岁月，治学才是人生的正事，以此深化主题。

秋 千

释惠洪

画架[1]双裁翠络[2]偏，佳人春戏[3]小楼前。
飘扬血色[4]裙拖地，断送[5]玉容[6]人上天。
花板润沾红杏雨[7]，彩绳斜挂绿杨烟[8]。

下来闲处^{〔9〕}从容立,疑是蟾宫^{〔10〕}谪降仙^{〔11〕}。

【注释】

〔1〕画架:饰有花纹的秋千架。〔2〕翠络:翡翠色的秋千绳。〔3〕戏:指荡秋千。〔4〕血色:鲜红色。〔5〕断送:打发。〔6〕玉容:容貌娇美,此处指荡秋千的美女。〔7〕红杏雨:红杏枝头上的雨露。〔8〕绿扬烟:缭绕在杨柳枝头的烟雾。〔9〕闲处:秋千架旁边。〔10〕蟾宫:指月宫。〔11〕谪降仙:被贬下凡的仙子。

【译文】

漂亮的秋千架上两根翠绿绳子斜挂,春浓时节娇美人儿在小楼前嬉戏。一会儿飘扬的红色裙摆扫过地面,一会儿那张如玉的面容飞上了天。红杏花瓣上的雨露湿了雕花的秋千板,彩色的秋千索斜挂在杨柳边的烟雾中。美人儿走下秋千,在空地上亭亭玉立,真像从月宫贬到人间的仙子。

【赏析】

作者是宋代高僧,善诗词,诗意婉转,风格似秦少游,有乐府之韵味。诗以"秋千"为题,秋千本是北方山戎的游戏,汉代时成为宫中女子娱乐的常项,宋代渐入民间。此诗运笔颇有特色,首联从秋千和佳人分镜头切入,"裁"与"戏",两个动词工对,一物动,一人动,相映成趣;颔联又是人物的特写,"裙拖地""人上天",想象丰富,形态逼真;颈联描绘秋千的华贵,"红杏雨"与"绿扬烟"、"花板"与"彩绳",不仅工对,而且层次分明;尾联又将镜头一转,由秋千上转到秋千下,由秋千转到荡秋千的人,一个"疑是"引出一个夸张的比喻,描画出一位"从容立"的下凡仙女,令人叫绝。

曲 江（其一）

杜 甫

一片花飞减却[1]春，风飘万点[2]正愁人。
且看欲尽[3]花经眼，莫厌伤多酒入唇。
江上小堂巢翡翠[4]，苑边高冢卧麒麟[5]。
细推物理[6]须行乐，何用浮名绊[7]此身。

【注释】

〔1〕减却：减去，减少。〔2〕万点：点点落花。〔3〕欲尽：花将凋谢。〔4〕巢翡翠：翡翠筑巢。翡翠，一种水鸟。〔5〕麒麟：这里指麒麟石像。〔6〕物理：万物变化的规律。〔7〕绊：羁绊，束缚。

【译文】

一片花落就减去一分春色，何况是风儿吹落万片花瓣让人忧愁万分。且看眼前即将凋零的花瓣，开怀畅饮，别怕喝多伤身。江边小小的屋檐下有翡翠鸟筑巢，花苑边高高的坟墓前卧着麒麟石像。冷静细想事物变化之理就明白：人生短暂，应该及时行乐，何必让虚浮的名位束缚了自身。

【赏析】

　　这首诗作于乾元元年暮春，时杜甫虽任左拾遗，但无可谏之言，于是怀着一种失落的心情来到曲江边，面对落花纷飞和"安史之乱"后曲江的残败景象，不禁伤感，借诗抒怀。首联从"一片"落花入笔，虽是小小一片，却减少了美好的春光，何况"风飘万点"，可见"愁人"伤感之深沉；颔联由叹春转而惜春，由"欲尽"到"莫厌"，情思起伏，往复低回，凄婉无限；颈联从飞花转到人事，回头看，江边小小的屋檐下鸟儿们筑巢栖息，花苑边坟墓前卧着麒麟石像，人去堂空，好景不再；尾联引发议论，由观景伤怀到反思自问，似乎获得了精神上的解脱。

曲　江（其二）

杜　甫

朝回[1]日日典[2]春衣，每日江头尽醉归。
酒债[3]寻常行处[4]有，人生七十古来稀。
穿花蛱蝶[5]深深见[6]，点水蜻蜓款款飞[7]。
传语[8]风光共流转，暂时相赏莫相违[9]。

【注释】

　　〔1〕朝（cháo）回：上朝归来。〔2〕典：典当，抵押。〔3〕酒债：赊欠的酒钱。〔4〕行处：到处。〔5〕蛱蝶：指蝴蝶。〔6〕深深见（xiàn）：忽隐忽现。〔7〕款款飞：慢慢地飞。〔8〕传语：寄语。〔9〕莫相违：不要违背了。

【译文】

天天上朝回来拿着春衣去典当,每天都去江头大醉而归。几乎每家酒店我都赊过酒,人活到七十岁自古以来就很稀少。蝴蝶在花丛中穿来穿去,时隐时现,蜻蜓在水面上缓缓飞行,时高时低。传话给春光,让春光和我做伴一起流连,让我欣赏吧,哪怕是暂时的,可别连这点心愿也违背了。

【赏析】

此诗为《曲江》中的第二首,前首伤春感时,叹人事无常,何必让虚名束缚。这一首写散朝归来赏春纵酒、苦中作乐的情态和心境。前两联着意描写"穷","典春衣""酒债"与"尽醉归""行处有"似乎矛盾,实是诗人生活状态的真实写照。后两联宕开笔锋,由"穷"而"达"。诗人写"达"并没有简单地说理,而是笔笔落在景物上,用"深深见""款款飞""共流转""相赏"极尽描写明媚多趣的春光,表现出人与自然的和谐。

黄鹤楼

崔 颢

昔人[1]已乘黄鹤去,此地空余黄鹤楼。
黄鹤一去不复返,白云千载空悠悠。
晴川[2]历历汉阳[3]树,芳草萋萋鹦鹉洲[4]。
日暮乡关[5]何处是,烟波江上使人愁。

【注释】

〔1〕昔人：指骑鹤的仙人。〔2〕晴川：此指汉江。〔3〕汉阳：与黄鹤楼隔江相望的汉阳镇。〔4〕鹦鹉洲：长江中的小沙洲，在黄鹤楼东北方，传说《鹦鹉赋》的作者祢衡葬于此，后人遂命名为鹦鹉洲。〔5〕乡关：故乡。

【译文】

传说中的仙人早已乘黄鹤离去，这里只留下人们为纪念他们而建的黄鹤楼。黄鹤一去不再回来了，千百年来只有白云在空中悠悠飘浮。晴空下汉江边的树木清晰可数，长满了茂盛芳草的是鹦鹉洲。夕阳下遥望远方，我的家乡在哪儿呢？江上烟波浩瀚使人生忧愁。

【赏析】

这是一首脍炙人口的七言律诗，据辛文房《唐才子传》载：李白登黄鹤楼见此诗，发出"眼前有景道不得，崔颢题诗在上头"的感叹，遂不作黄鹤楼诗。诗的前两联紧扣黄鹤楼，托想空灵，寄兴高远。首联点题，写楼名来历，描绘了仙人驾鹤远去的图画，诗人巧妙地用诗释图，"乘""空余"前因后果勾连呼应。颔联写楼上所见，仍从传说故事生发开来，仙人驾鹤不再复返，登楼望见的唯有片片白云千载飘荡。颈联实写，诗人的目光由仰望长空转而俯瞰大地，遥望对岸，山川晴朗锦绣，绿树历历在目；视线南移，江中的鹦鹉洲上花草郁郁葱葱。尾联由景抒情，遥望夕阳西下的远方，只见江上烟雾迷蒙，更添思乡之愁，一种游子无定止的人生感叹油然而生。

旅 怀

崔 涂

水流花谢两无情,送尽东风过楚城[1]。
蝴蝶梦[2]中家万里,杜鹃[3]枝上月三更。
故园书动经年[4]绝,华发[5]春催两鬓生。
自是不归归便得,五湖[6]烟景[7]有谁争。

【注释】

〔1〕楚城:春秋战国时期的楚地,今两湖地区。〔2〕蝴蝶梦:泛指梦境。〔3〕杜鹃:鸟名,春夏之夜啼叫不止,其声哀戚。〔4〕经年:常年。〔5〕华发:花白头发。〔6〕五湖:诗中指太湖一带。〔7〕烟景:风景。

【译文】

水向东流,花儿凋谢,两者都无情,我送最后一缕春风吹过楚城。在梦中梦到了万里之外的家乡,杜鹃在枝头啼鸣,醒时明月高照,已是三更。家里的书信是常年都见不到,春光催人老,白发从两鬓生出。我现在因抱负未展不愿归去,我要回去,立刻起程便可到达,五湖那烟霞迷漫的美景有谁来相争?

【赏析】

崔涂,晚唐诗人,久在西南、西北作客,多羁愁别恨诗作,情调抑郁低沉。这首诗满怀羁旅之思。首联写流水东去、花开花谢都是不可抗拒的自然现象,一路上度过了春天又走过了楚城;颔联写在梦中梦到了万里之外的家乡,杜鹃在树上叫着"不如归去";颈联写多年没有故乡音讯,思乡的愁闷催白了两鬓华发;尾联写回去还是不回去当然由自己决定,江南胜景有谁来争?诗中表达了诗人强烈的思乡情绪,但又流露出想回乡又不能回的矛盾心理。

答李儋元锡

韦应物

去年花里^[1]逢君别,今日花开又一年。
世事茫茫难自料,春愁黯黯^[2]独成眠。
身多疾病思田里^[3],邑^[4]有流亡^[5]愧俸钱^[6]。
闻道^[7]欲来相问讯^[8],西楼望月几回圆。

【注释】

[1]花里:开花时节。[2]黯黯:神情沮丧的样子。[3]思田里:思念乡里田园,有归隐之意。[4]邑:城市。[5]流亡:流浪、逃难的人。[6]愧俸钱:愧对朝廷给的俸禄。[7]闻道:听说。[8]问讯:问候,探望。

【译文】

去年春花烂漫时与你相逢又分别,到今年花开时又过了整一年。世事谁都难预料,春天来了我心绪黯然,孤独难眠。一身的病痛使我想归隐田园,想起城内衣食无着的流浪百姓就觉得愧对薪俸。听说你要来探望我,我在西楼眺望,几度看到月儿圆了缺,缺了圆。

【赏析】

这是一首向友人倾吐政治抱负和矛盾心理的诗,写于诗人出任滁州刺史的第二年春天。首联诗人追述去年上任之初在百花盛开的大好春光中与友人相逢又分别,到今日群芳争艳正好又是一年。颔联宕开一笔,感慨世事无常,难以预料,故而生出愁思,孤独难眠。颈联进一步写自己的矛盾心理,体衰多病,本想退隐故里家园,但面对滁州城流亡的百姓,又觉得愧对俸钱。尾联诗人听说友人要来看望,每登西楼凝望,默默期待,不觉数月,月亮圆了缺,缺了圆,友人还是没有来。于是,诗人便赋此诗寄友人。

江 村

杜 甫

清江[1]一曲[2]抱村流,长夏江村事事幽[3]。
自去自来梁上燕,相亲相近水中鸥。

老妻画纸为棋局,稚子[4]**敲针作钓钩。**
多病所须惟药物,微躯[5]**此外更何求。**

【注释】

〔1〕清江:指岷江的支流锦江,流经成都西郊的一段又叫浣花溪。〔2〕一曲:一弯,指江水转弯处。〔3〕幽:幽静,安闲。〔4〕稚子:幼子。〔5〕微躯:微贱的身体。

【译文】

清澈的江水环抱小村悠悠地流淌,漫长的夏日,江边村庄处处安谧清幽。梁上有飞来飞去的燕子,水中有相亲相近的白鸥。老迈的妻子在纸上画棋盘,年幼的孩子把缝衣针敲弯做鱼钩。我一身的病所需要的只是药物,这卑微的身躯除此之外再也没有别的要求。

【赏析】

这首诗是诗人在成都西郊草堂的生活纪实,也是江村夏景的题咏。肃宗上元元年,杜甫经过长达四年的流亡生活,举家来到成都,并在西郊营建数间简陋的草堂。长期的颠沛流离后,能得一个栖身之所,闲情雅致也自然流露出来。诗中正是以这种表面上的满足衬托心中的抑郁和不满。首联写幽静的环境;颔联借"梁上燕"和"水中鸥"写居所的乐趣;颈联写老妻幼子,表现自己的生活氛围;尾联借事抒情。古代诗词评论家评论此诗是"以乐境写哀,以哀境写乐,一傍增其哀乐"。

夏 日

张 耒

长夏[1]江村风日清[2],檐牙[3]燕雀已生成。
蝶衣[4]晒粉花枝舞,蛛网添丝屋角晴。
落落[5]疏帘邀月影,嘈嘈[6]虚枕[7]纳[8]溪声。
久斑[9]两鬓如霜雪,直欲[10]樵[11]渔过此生。

【注释】

〔1〕长夏:指夏天白天长。〔2〕清:清朗,清爽。〔3〕檐牙:屋檐。〔4〕蝶衣:蝴蝶翅膀。〔5〕落落:稀疏的样子。〔6〕嘈嘈:流水声。〔7〕虚枕:指凉枕中间是虚空的。〔8〕纳:这里有装入、容纳的意思。〔9〕久斑:早已斑白。〔10〕直欲:真想。〔11〕樵:打柴。

【译文】

漫长的夏天江边村子日丽风清,屋檐下的乳燕小雀刚刚孵出长成。彩蝶在花枝间晒着美丽的翅膀,晴日里蜘蛛在屋角为它所结的网添加丝线。稀疏的竹帘映入月光,枕头中空,耳朵里传来流水声。早已斑白的两鬓像染上了霜雪,真想在此砍柴捕鱼度过余生。

【赏析】

　　作者张耒，北宋诗人，其诗自然清新，平易流畅，通俗质朴，这首诗是诗人被罢官后在乡村闲居时所作。首联写农村夏日，"清"字概括了其特点，并以屋檐下的燕雀来映衬；颔联写蝴蝶晒粉于花间，蜘蛛因天晴添丝于屋角，则更显得幽静；颈联写夜晚，"疏帘""虚枕"，陋中见"清"，月透疏帘，仿佛邀月同饮，流水潺潺，凉枕灌满了溪水之声，"纳"字形象逼真，耳贴枕，似觉枕中有声；尾联水到渠成带一笔，写常年于官场奔忙，已经两鬓如霜，而这里的环境如此宜人，真想在打柴、捕鱼这种平淡生活中度过余生。

辋川积雨

王　维

积雨空林烟火迟[1]，蒸藜[2]炊黍[3]饷[4]东菑[5]。
漠漠[6]水田飞白鹭，阴阴[7]夏木啭[8]黄鹂。
山中习静[9]观朝槿[10]，松下清斋[11]折露葵[12]。
野老[13]与人争席罢[14]，海鸥[15]何事更相疑。

【注释】

　　〔1〕烟火迟：烟火缓缓上升。〔2〕藜：野菜名。〔3〕黍：黍子，北方称为黄米。〔4〕饷：送饭。〔5〕菑（zī）：初耕的田地。〔6〕漠漠：辽阔无边的样子。〔7〕阴阴：茂密幽深。〔8〕啭：鸟婉转地鸣叫。〔9〕习静：习惯于幽静的环

境。〔10〕朝槿：木槿花。〔11〕清斋：素食。〔12〕露葵：带着露水的葵菜。〔13〕野老：隐居山林的人，这里是诗人自称。〔14〕争席罢：不再争座次。〔15〕海鸥：典出《列子》。

【译文】

久雨之后的山林里炊烟缓缓升起，农家正忙着蒸饭煮菜送去东边的庄稼地。广阔无边的水田上白鹭在飞翔，碧绿深幽的树林里传来黄鹂婉转的歌声。我久居山中习惯于静观木槿花朝开暮落，坐在松树下采摘带露的葵菜做清斋素食。我早已不跟人争高下，海鸥为何还会猜忌我呢？

【赏析】

这首诗是诗人隐居辋川别墅时所作，是他田园诗的代表作。全诗描绘了辋川庄雨后秀美的风景，反映了诗人隐居生活中的情趣。前四句写雨停后，空寂的丛林中炊烟袅袅升起，妇女们正在蒸藜炊黍，准备给田间的农夫们送饭，水田上白鹭飞翔、夏木枝头黄鹂歌唱。后四句写隐逸之情，独居空山之中，参木槿而悟人生之短促，栖松林之下，清斋素食，采露葵为美餐。最后暗用典故，表达了诗人与世无争的旷达情操。全诗写来风景如画，意境淡雅脱俗。

新 竹
陆 游

插棘[1]编篱谨护持,养成寒碧[2]映涟漪[3]。
清风掠地[4]秋先到[5],赤日行天[6]午不知。
解[7]箨[8]时间声簌簌[9],放梢[10]初见影离离[11]。
归闲[12]我欲频[13]来此,枕簟[14]仍教到处随。

【注释】

〔1〕棘:荆棘。〔2〕寒碧:因碧玉晶莹透凉,故称寒碧。〔3〕涟漪:水波纹。〔4〕掠地:拂地。〔5〕秋先到:提前领略到秋天的凉爽。〔6〕赤日行天:指正午时分。〔7〕解:竹笋拔节。〔8〕箨(tuò):笋壳。〔9〕簌簌:风吹竹动发出的声音。〔10〕放梢:指竹子长出新枝。〔11〕离离:竹影纵横交错的样子。〔12〕归闲:归乡闲居。〔13〕频:常常,屡次。〔14〕枕簟(diàn):枕头和竹席。

【译文】

插上荆条编成篱笆,小心地保护竹子,碧绿浓荫倒映在水波之中。清风掠过地面好像秋天提前来到,烈日当头坐在竹荫下,正午炎热也不知。笋壳脱落时常可听到簌簌声响,刚发枝长杈就能看到竹影纵横交错。回乡闲居时我想经常来这里,随身带枕头和竹席，到处都可以休息。

【赏析】

　　这首诗亦名《东湖新竹》，全诗突出描写夏日竹林的幽静、清凉。首联从对刚栽竹林的"谨护持"，写到"养成"后有"寒碧映涟漪"的趣味；颔联写微风拂地，秋风清爽宜人，烈日当空而竹林幽凉清爽；颈联写竹笋脱壳时发出簌簌之声，长枝拔节时竹影疏密有致；尾联抒发感慨，并设想告老归乡闲居时可以常来此地纳凉了，带着枕头和竹席，随处都可偃卧休憩。全诗围绕"新竹"这个主题，描写竹林"养成"的经过和凉爽宜人的环境，抒发了诗人对大自然的热爱和对美好事物的向往。

偶　成

程　颢

闲来无事不从容[1]，睡觉东窗日已红。
万物静观[2]皆自得，四时佳兴与人同。
道通天地[3]有形外[4]，思入风云[5]变态中。
富贵不淫贫贱乐[6]，男儿到此[7]是豪雄。

【注释】

　　[1]无事不从容：指从容面对世事。[2]静观：静静地观察。[3]道通天地：天地万物的变化规律都是相通的。[4]有形外：在形体之外。[5]思入风云：人的思维应该顺

应自然的变化规律。〔6〕此句语出《孟子·滕文公下》:"富贵不能淫,贫贱不能移。"〔7〕到此:达到这个境界。

【译文】

心情闲适,做什么事情都不慌不忙,一觉醒来东窗外太阳红彤彤。静静观察世间万物都会有所心得,人们对四季的美景兴致都是一样的。道理贯通着天地之间一切有形无形的事物,思想渗透在风云变化之中。富贵不乱志,贫贱仍保持快乐,男儿能达到这个境界便是英雄。

【赏析】

这是一首哲理诗,寄寓了作者治学修身的心得体会。诗的大意是:平时从容处事,一觉醒来红日已照临东窗。冷静观察万物都自有心得,人们对四季的美景兴致都是一样的。道理贯通着天地之间一切有形无形的事物,思想渗透在风云变化之中。大丈夫能够做到古人说的"富贵不能淫,贫贱不能移",就是英雄豪杰了。

秋 兴（其一）

杜 甫

玉露[1]凋伤[2]枫树林，巫山巫峡气萧森。
江间波浪兼天涌，塞上[3]风云接地阴[4]。
丛菊两开[5]他日泪，孤舟一系故园心。
寒衣处处催刀尺[6]，白帝城[7]高急暮砧[8]。

【注释】

[1]玉露：白露。[2]凋伤：摧残。[3]塞上：北方边塞，此指险峻之地。[4]地阴：地面的寒气。[5]丛菊两开：两次见到菊花开放，即过了两个年头。[6]催刀尺：催人赶制冬衣。[7]白帝城：在今重庆奉节县城外临长江的山上，当年刘备向诸葛亮托孤之地。[8]暮砧（zhēn）：傍晚的捣衣声。

【译文】

白玉般的霜露使枫叶凋零，巫山巫峡的气象萧瑟阴森。江中的波涛汹涌澎湃，与天连成一片，上空的乌云笼罩大地，一片阴沉。菊花已开两年，我却还身在异乡，像去年一样抹着思乡泪，孤舟常系着一颗牵挂故乡的心。为赶制寒衣，家家户户都操刀拿尺，傍晚高高的白帝城传来阵阵捣衣声。

【赏析】

组诗"秋兴"作于唐代宗大历元年（766）秋，杜甫流寓夔州（今属重庆），因秋兴感，百忧交集。这首诗从大处落笔，写深秋的肃杀景象，白露摧残了枫树，巫山巫峡冷清阴森。峡底江水咆哮回旋，白浪滔天，深谷水雾迷蒙，云愁风惨。今日看到菊花又开，我还像往日一样抹着相思泪，登上孤舟却魂牵故乡，心系长安。家家户户都在为自家外出服役的人赶裁寒衣，傍晚地处高山上的白帝城传来捣衣的声音（古时赶制寒衣时先把布帛放在砧上捶捣）。全诗从景物着笔，渲染了深秋的肃杀之气，抒发了诗人心系故园的漂泊之感。

秋 兴（其三）

杜 甫

千家山郭[1]静朝晖，日日江楼坐翠微[2]。
信宿[3]渔人还泛泛，清秋燕子故飞飞。
匡衡抗疏[4]功名薄，刘向传经[5]心事违。
同学少年多不贱[6]，五陵[7]裘马自轻肥[8]。

【注释】

〔1〕山郭：靠山的城郭。〔2〕翠微：指山色青黛。〔3〕信宿：古代称二宿以上为信宿，这里指连宿两夜。〔4〕匡衡抗疏：汉元帝时匡衡上疏直言议政。〔5〕刘向传经：汉宣帝时刘向受命传授《穀梁传》，并讲论"五经"。〔6〕不

贱：即显贵。〔7〕五陵：汉代皇帝的陵墓。〔8〕轻肥：轻裘肥马，富贵生活。

【译文】

千家万户静静地沐浴在秋日的朝晖中，我每天坐在江楼上欣赏远山的青翠。连续两夜打鱼的渔民还泛着小舟在江上漂流，清秋时节燕子依然飞来飞去。我学匡衡上疏没得到什么功名，学刘向传授经书可又事与愿违。一起长大求学的人现在都位居高官，在五陵地区穿轻裘骑肥马。

【赏析】

诗人被贬流亡蜀地，在成都无依无靠，又沿江东下，一路之上，仍为国家之事忧心，这首诗前四句写景，后四句集中抒发壮志难酬之情。写景选取了"山郭"幽静、坐望"翠微"、渔夫泛舟、燕子频繁飞动等画面，抒发了怀归之情。抒怀时引用了匡衡、刘向两个典故，或反喻，或正比，感叹自己空怀报国之心，暗讽"轻裘肥马"者的恣行之态。全诗承第一首意境而来，观眼前之景物，思长安而抒怀。

秋 兴（其五）

杜 甫

蓬莱[1]宫阙[2]对南山，承露金茎[3]霄汉间。
西望瑶池[4]降王母，东来紫气[5]满函关[6]。

云移雉尾[7]开宫扇，日绕龙鳞[8]识圣颜。
一卧沧江[9]惊岁晚[10]，几回青琐[11]点朝班。

【注释】

〔1〕蓬莱：宫殿名，唐高宗修大明宫，改名蓬莱宫。〔2〕阙：皇宫城门前的亭子。〔3〕金茎：金属铜柱。〔4〕瑶池：神话传说中西王母居住的地方。〔5〕紫气：祥瑞之气。〔6〕函关：函谷关，在今河南灵宝附近，深险如函，故得名。〔7〕雉尾：雉尾扇，皇帝坐朝时身后两扇用野鸡尾制成的障扇。〔8〕日绕龙鳞：皇帝龙袍上绣的旭日东升、龙浮江海的图像。〔9〕沧江：指长江。〔10〕岁晚：秋天，暗指作者已近晚年。〔11〕青琐：宫门上雕刻的连琐，涂有青漆。

【译文】

蓬莱宫对着高耸的终南山，承接天露的金铸仙人手掌直托到云彩间。西望瑶池仿佛王母驾云降临，紫气东来笼罩着函谷关。雉尾宫扇像云彩一样缓缓移动，阳光照耀着皇帝的龙袍，让我见到了皇上的容颜。在长江边卧病以来惊觉岁月已老，多少次回想也曾进入宫门位列朝班。

【赏析】

这首诗承前两首，触景追忆中唐兴盛时期的景象。人称杜甫"每饭不忘君"，由此可见一斑。

秋 兴(其七)

杜 甫

昆明池[1]水汉时功,武帝旌旗[2]在眼中。
织女[3]机丝虚夜月,石鲸[4]鳞甲动秋风[5]。
波飘菰米[6]沉云黑,露冷莲房[7]坠粉红[8]。
关塞[9]极天[10]惟鸟道,江湖满地[11]一渔翁[12]。

【注释】

〔1〕昆明池:汉武帝时在长安城西仿照昆明滇池凿池训练水师,故而得名。〔2〕旌旗:训练水师的旗幡。〔3〕织女:昆明池有织女雕像。〔4〕石鲸:昆明池中玉石雕刻的鲸鱼。〔5〕动秋风:指石鲸栩栩如生,如在秋风中游动。〔6〕菰(gū)米:茭白,水生植物,秋天结实,色白如米。〔7〕莲房:莲蓬。〔8〕坠粉红:莲花凋谢。〔9〕关塞:险峻的关隘。〔10〕极天:高耸入云。〔11〕江湖满地:形容到处流浪。〔12〕渔翁:诗人自称。

【译文】

看到昆明池的水,便想起汉朝开疆辟土的功勋,汉武帝训练水师的旗幡浮现在眼前。石雕织女的织布机丝线空对着晚上的明月,石鲸的鳞甲在秋风中摆动。水面上漂浮的茭白犹如黑云聚拢，荷花经过露冷霜冻，花瓣坠落，露出莲蓬。关口要塞高耸入云，只有鸟能通过，我日后将似渔夫漂泊不定。

【赏析】

这首诗为《秋兴八首》中的第七首，主要描写长安，通过对昆明池昔盛今衰的对比，寄寓了盛世不再、故园难归的悲凉之感。首联描写昔日汉武帝在昆明池操练水师时的盛况，今日回顾，似在眼前。颔联和颈联运用四组比喻，描写昆明池今日的衰落。"虚夜月"中的"虚"字，流露出失落的情绪，"动秋风"中的"秋"字，勾画了肃杀寂寥的气氛，"飘""沉""冷""坠"等字眼更给人以破败凄凉的感觉。尾联转回到眼前的景物，诗人心系长安，但途中却"关塞极天"，险阻难返，言及自己日后将似渔夫浪迹江湖，漂泊不定。

月夜舟中

戴复古

满船明月浸虚空[1]，绿水无痕[2]夜气冲。
诗思浮沉樯影[3]里，梦魂摇曳橹声中。
星辰冷落碧潭水，鸿雁悲鸣红蓼风[4]。
数点渔灯依古岸，断桥垂露滴梧桐。

【注释】

〔1〕浸虚空：月色笼罩天空。〔2〕痕：诗中指水波纹。

〔3〕樯影：帆影。〔4〕红蓼（liǎo）风：红蓼花开时的风，指秋风。

【译文】

小船载满月光好像沉浸在虚空中，碧水无痕，夜间寒气升腾。诗兴随着帆影浮沉，梦魂萦绕在橹声中。星光冷清映照在碧绿的潭水中，红蓼花开时的秋风中传来鸿雁哀鸣。几点渔灯隐约在古老的河岸边闪烁，断桥边传来露珠滴落在梧桐叶上的声音。

【赏析】

这是一首秋夜泛舟吟月的抒情诗，诗以"月"和"舟"为题，抒发了诗人闲淡寂寥之感。诗中写道：小船满载月光好像沉浸在虚空中，水面碧绿如镜，夜气袭人。诗兴像水中的帆影起伏不定，梦魂萦绕在橹声中。稀疏的寒星倒映在幽深的潭水里，红蓼花开时的秋风中传来鸿雁哀鸣。渔船上点点灯火在古岸边闪烁，断桥边传来滴滴露珠落在梧桐叶上的声音。全诗情景交融，意境悠远，闲淡清雅。

新 秋

杜 甫

火云[1]犹未敛[2]奇峰,欹[3]枕初惊一叶风[4]。
几处园林萧瑟[5]里,谁家砧杵[6]寂寥[7]中。
蝉声断续悲残月,萤焰[8]高低照暮空。
赋就金门[9]期再献,夜深搔首叹飞蓬[10]。

【注释】

[1]火云:彩云,一说是火烧云。[2]敛:收敛。[3]欹(qī):倾斜。[4]一叶风:立秋时节吹落第一片梧桐叶的风,后代指秋风。[5]萧瑟:秋风吹拂树木发出的声音。[6]砧杵:捣衣的工具。[7]寂寥:冷清寂静。[8]萤焰:萤火虫发出的亮光。[9]金门:汉代宫门名,朝廷选拔出的优秀人才在金马门待诏。[10]飞蓬:指枯后根断,随风飞旋的蓬草。

【译文】

火焰般的红云变幻成的奇峰还没有消失,斜靠在枕上惊奇地发觉有一丝秋风。几处园林草枯叶黄一片萧瑟,哪家的捣衣声回响在寂静的空中。寒蝉发出断断续续的哀鸣,仿佛为残月悲伤,暮色中闪动着忽高忽低的萤光。希望到金门再度献赋给皇帝,夜深了只能搔首叹息,感叹自己像枯后根断、随风飞旋的蓬草。

【赏析】

唐肃宗上元二年（761）八月，杜甫寓居成都西郊草堂，因秋至而有所感，遂赋诗抒怀。诗中处处照应"新"字，展现出"秋"已来。火云似暑气未消，秋风乍起，梧桐叶落，几处园林在秋风中萧瑟，捣衣的声音更显冷清。残月下传来断断续续的蝉鸣，暮色中闪动着忽高忽低的萤光。赋诗一首期盼再次送进皇宫，夜深人静，搔首自叹年岁已老，恐怕壮志难酬。全诗低沉曲回，细微而有意蕴。

中 秋

李 朴

皓魄[1]当空宝镜升，云间仙籁[2]寂无声。
平分秋色一轮满，长伴云衢[3]千里明。
狡兔[4]空从弦外落，妖蟆[5]休向眼前生。
灵槎[6]拟约同携手，更待[7]银河彻底清。

【注释】

〔1〕皓魄：指月亮。〔2〕仙籁：仙境的声音。〔3〕云衢：云海中月亮运行的轨迹。〔4〕狡兔：传说月中捣药的白兔，据说它可以使月亮生光。〔5〕妖蟆：传说中的月亮里的蟾蜍。传说蟆能食月亮魂魄，故称妖蟆。〔6〕灵槎（chá）：仙槎。槎，竹木筏。传说汉时有人乘槎去天河，与牛郎织女相遇。〔7〕更待：须等待。

【译文】

皎洁的月亮像一面宝镜升上天空,云间仙境寂静无声响。这一轮满月足以平分秋色,它沿着云衢运行,照亮千里万里。能生月光的狡兔好像要从弦外跳落,食月的妖蟆你别现身,那样会遮住月光。约定乘坐仙人的筏子泛舟天河,携手共游,只等银河更加澄澈清明。

【赏析】

作者李朴,北宋诗人,其诗构思新奇。这首诗以"中秋"为题,诗人并未在赏月上落笔,而是通篇咏颂月亮。诗中借用神话传说,展开神奇的想象,描画出一轮理想的圆月,表达了诗人对清平政治的向往之情。

九日蓝田会饮

杜 甫

老去悲秋强自宽[1],兴[2]来今日尽君欢[3]。
羞将短发还吹帽[4],笑倩[5]旁人为正冠[6]。
蓝水[7]远从千涧落,玉山[8]高并两峰寒。
明年此会[9]知谁健,醉把[10]茱萸[11]仔细看。

【注释】

〔1〕强自宽：勉强地自我宽慰。〔2〕兴：兴致。〔3〕尽君欢：尽情与你欢乐。〔4〕吹帽：东晋大将桓温九月九日在龙山宴请，参军孟嘉的帽子被风吹落而不自知，桓温令人写文嘲笑他。〔5〕倩：请托。〔6〕正冠：将帽子扶正。〔7〕蓝水：蓝田溪水。〔8〕玉山：蓝田山盛产玉石，故称玉山。〔9〕此会：这样的聚会。〔10〕把：持。〔11〕茱萸：植物名，有浓香，古时重阳节须佩茱萸，以避邪消灾。

【译文】

人老了，逢秋悲伤，强打精神自我宽慰；今天重阳有兴致，要尽情与你把酒言欢。人老了，惭愧的是帽子被风吹落露出短发；强颜欢笑，请旁人帮我正一正。蓝溪的水远远地从千条溪涧汇流过来；玉山与华山两峰并峙高入云端，凛然生寒。明年今天的聚会不知谁还健在，醉中拿着茱萸仔细端详把玩。

【赏析】

"今日"是指农历九月初九重阳节。《易经》中将"九"定为阳数，两九相重为"重九"，月日并阳，两阳相重为"重阳"。相传古时有个叫桓景的人，为战胜当时流行的瘟疫，访仙求道，遇上仙人费长房，仙人告诉他必须在九月九日这天全家登上高山、插上茱萸叶，还要喝菊花酒，这样才能避开瘟疫。待他登山回家后，果然家中鸡犬尽死，而人得以幸免。所以民间有重阳登高、赏菊饮酒、遍插茱萸等习俗。蓝田，即今陕西蓝田县。此诗写于乾元元年，诗人重阳节时在崔氏庄园饮宴，而当时他因直言得罪权贵，由左拾遗贬为华州司功参军，因而在诗中反映自己遭到排挤的苦闷心情。题一作《九日蓝田崔氏庄》。

秋 思

陆 游

利欲[1]驱人万火牛[2],江湖浪迹[3]一沙鸥。
日长似岁[4]闲方觉[5],事大如天醉亦休[6]。
砧杵敲残[7]深巷月,梧桐摇落故园秋。
欲舒[8]老眼无高处,安得元龙[9]百尺楼。

【注释】

〔1〕利欲:追求物质利益的欲望。〔2〕万火牛:"火牛阵",此处指利欲可以使人疲于奔命,无所顾忌。〔3〕浪迹:到处漂泊。〔4〕日长似岁:度日如年。〔5〕方觉:才能觉悟。〔6〕休:放下。〔7〕残:渐渐稀落的声音。〔8〕舒:舒展。〔9〕元龙:三国时魏人陈登(字元龙)豪放不羁,客至,自己睡上等大床,让客人睡小床。刘备评价他"如小人,欲卧百尺楼上"。此处反喻自己。

【译文】

利欲驱人有如尾巴着了火狂奔的万头牛,不如做一只沙鸥浪迹江湖逍遥悠游。闲暇时才觉得度日如年,纵然是天大的事情一醉也万事方休。捣衣声声,直到深巷里冷月残落,见梧桐树叶纷纷落下而念故园之秋。想要舒展老眼看一看秋景却找不到高的地方，在哪里能找到陈元龙那样的百尺高楼。

【赏析】

这是写于秋天的感怀诗。诗人看到国家民族面临危机，而赵宋王朝力主议和，苟且偷安，不思恢复中原大计。诗人借秋日抒怀，表达自己"报国有心，请缨无路"的愤懑心情。全诗没有一个"思"字，却句句都在"思"中：因"思"不为利欲驱使，因"思"悟出时光流逝，因"思"能万缘放下，因"思"秋夜不能寐，因"思"心比眼高。

与朱山人

杜 甫

锦里[1]先生乌角巾[2]，园收芋栗[3]未全贫[4]。
惯看宾客儿童喜，得食阶除[5]鸟雀驯。
秋水才深四五尺，野航[6]恰受[7]两三人。
白沙翠竹[8]江村暮，相送柴门月色新[9]。

【注释】

[1]锦里：锦江附近。[2]乌角巾：黑头巾，多为隐士之帽。[3]芋栗：芋头和栗子。[4]未全贫：并非一贫如洗，暗指朱先生安贫乐道。[5]阶除：台阶。[6]野航：野外水道里航行的船只。[7]恰受：刚好承受。[8]白沙翠竹：指环境明净。[9]月色新：月亮刚出来。

【译文】

锦江附近的先生戴着黑色的头巾,园中还能收获芋头、栗子,不算贫困。家里的孩子见惯了宾客特别高兴。台阶上鸟雀觅食见人不惊。秋天锦江里的水才四五尺深,野渡的船只刚刚能坐下两三个人。暮色笼罩着江村的白沙翠竹,把客人送出柴门明月刚刚升起。

【赏析】

诗人居成都西郊浣花草堂时,与朱山人为邻,这首诗是赠朱山人之作。前四句歌颂朱山人安贫乐道、与世无争的品德;后四句写在幽静的居住环境中,两人常一起涉河、渡船、夜谈。

闻 笛

赵 嘏

谁家吹笛画楼[1]中,断续声随断续风。
响遏行云[2]横碧落,清和冷月到帘栊[3]。
兴来三弄[4]有桓子,赋就一篇怀马融[5]。

曲罢不知人在否，余音嘹亮尚飘空。

【注释】

〔1〕画楼：装饰华丽的楼阁。〔2〕响遏行云：声音高亢，似乎阻止了行云。〔3〕帘栊：挂着帘子的窗户。〔4〕三弄：古代曲名。晋代桓伊善吹笛，晓音律，相传著名琴曲《梅花三弄》即为桓子所作。〔5〕马融：东汉著名学者，善鼓琴吹笛，曾作《长笛赋》。

【译文】

不知谁在精美的楼中吹笛子，笛声断断续续随着一会儿有一会儿无的风传来。笛声有时响彻云霄似把流动的云彩挡住，有时清越悠扬和着清冷的月光来到我窗前。这笛声像桓伊兴起奏的三首曲子那样美妙，像马融在《长笛赋》中写的那样美好。一曲终了不知人还在不在，余音嘹亮尚在空中飘绕。

【赏析】

这首诗写月夜听笛的感受。全诗浓缩在一个特定的情境（闻笛）之中，由闻者推及吹奏者，使人身临其境，如闻其声。

冬 景

刘克庄

晴窗[1]早觉爱朝曦[2],竹外秋声[3]渐作威[4]。
命仆安排新暖阁[5],呼童熨贴[6]旧寒衣。
叶浮嫩绿[7]酒初熟,橙切香黄蟹正肥。
蓉菊[8]满园皆可羡[9],赏心[10]从此莫相违。

【注释】

〔1〕晴窗:窗外发白。〔2〕朝曦:清晨的阳光。〔3〕秋声:秋天特有的声音,如落叶声、虫鸣声。〔4〕渐作威:逐渐猛烈。〔5〕暖阁:安炉取暖的楼阁。〔6〕熨贴:把衣服烫平整。〔7〕嫩绿:指酒色。〔8〕蓉菊:木芙蓉和菊花。〔9〕可羡:值得观赏。〔10〕赏心:使心中愉悦。

【译文】

早晨醒来阳光洒满窗外,让人欢喜;竹林外秋声骤起,而且越来越猛烈。我吩咐仆人在小阁间安炉取暖,并把冬衣提前烫平。新酿的酒酒色像嫩绿的竹叶浮在上面,煮熟的螃蟹像刚切开的橙子那样鲜黄甘美。芙蓉和菊花满园,都值得观赏,这种赏心悦目的时光千万不要错过。

【赏析】

诗以"冬景"为题,实写晚秋初冬之景。全诗按时间顺序,一气呵成,先写景,再叙事,最后一句抒怀,戛然而止。

冬 至
杜 甫

天时人事日相催,冬至阳生[1]春又来。
刺绣五纹添弱线,吹葭六管[2]动飞灰。
岸容待腊将舒柳,山意冲寒欲放梅。
云物[3]不殊乡国异,教儿且覆掌中杯。

【注释】

〔1〕阳生:从冬至开始,太阳直射点从南回归线向北移,阳气上升,天气转暖。〔2〕吹葭六管:古代预测节令,将芦苇茎中的薄膜制成灰,放在十二乐律的玉管中,将玉管放在木案上,到了某一节气,相应律管内的灰就会自动飞出。〔3〕云物:景物。

【译文】

天时人事,每天变化得很快,冬至过后天气转暖,春天又将来临。刺绣女工因白昼变长可多绣几根五彩丝线，对应着节气的十二乐律的玉管中飞出了代表冬至的灰。等到腊月过后堤岸上的杨柳将舒展枝条，山中吹出寒风让梅花开放。这里的景物和故乡没什么两样，因此，让小儿斟上酒来，一饮而尽。

【赏析】

　　这首诗是杜甫晚年的作品。杜甫晚年移家川东，父子天各一处，年复一年求归不得，故于冬至即兴赋诗，抒发"天时人事日相催"的感叹。这首诗情景交融，憧憬和忧思同在。

送毛伯温

朱厚熜

大将南征胆气豪,腰横秋水雁翎刀。
风吹鼍鼓[1]山河动,电闪旌旗日月高。
天上麒麟[2]原有种,穴中蝼蚁岂能逃。
太平待诏[3]归来日,朕与先生[4]解战袍。

【注释】

〔1〕鼍(tuó)鼓:鼍(扬子鳄)皮做的鼓。〔2〕麒麟:古代传说中的吉祥动物。〔3〕待诏:等待皇帝的诏书。〔4〕先生:毛伯温。

【译文】

大将军率军南征豪气逼人,腰间的雁翎刀如秋水般明亮。鼍皮战鼓隆隆响,在风中传得山河颤动,动如闪电的旌旗在日月

间高高飘摇。你是天上的麒麟下凡,那些叛军犹如洞穴中的蝼蚁,哪里逃得掉。等到平定叛乱班师回朝的时候,我要为你亲解战袍。

【赏析】

作者明世宗朱厚熜为明代皇帝。明嘉靖时因安南谋反,皇帝命南宁毛伯温征讨,临行前作这首诗相赠,以壮行色。全诗气爽意豪,鼓动性强,不失王者风范。

梅 花

林 逋

众芳摇落独暄妍[1],占尽风情向小园。
疏影横斜水清浅,暗香浮动月黄昏。
霜禽[2]欲下先偷眼,粉蝶如知合断魂。
幸有微吟可相狎[3],不须檀板[4]共金樽。

【注释】

〔1〕暄妍:形容丽日下的梅花鲜艳、美好。〔2〕霜禽:冷天的鸟。〔3〕相狎:这里是亲近的意思。〔4〕檀板:用檀木做的拍板,演奏时用来打拍子。

【译文】

百花凋谢,只有你分外鲜艳,独揽了整个小园的风光。疏朗横斜的梅枝倒映在清清的浅池中，幽淡的香气飘散在朦胧的月色里。冷天的鸟儿飞落枝头前先偷看几眼，如果美丽的蝴蝶知道了一定也会如痴如醉。幸好我能写点小诗同你亲近，不需要有音乐和美酒就能把你欣赏。

【赏析】

　　林逋，字君复，号和靖先生，宁波奉化黄贤村人，他是北宋的名士，一生布衣，无妻无子，在西湖孤山隐居二十余年，喜爱梅花与鹤，被后人称为"梅妻鹤子"。该诗描写了梅花超凡脱俗、清雅高洁的形象，同时也是诗人超凡脱俗的写照。其中"疏影横斜水清浅，暗香浮动月黄昏"是写梅的名句，后来南宋姜夔就以此两句中的"疏影""暗香"作为咏梅的词牌。

左迁至蓝关示侄孙湘

韩　愈

一封[1]朝奏九重天[2]，夕贬潮阳[3]路八千。
本为圣朝除弊事，敢将衰朽[4]惜残年。
云横秦岭家何在，雪拥[5]蓝关[6]马不前。
知汝[7]远来应有意，好收吾骨瘴江[8]边。

【注释】

〔1〕一封：指谏书。〔2〕九重天：指皇帝。〔3〕潮阳：今广东潮阳区。〔4〕衰朽：体弱年迈，这是作者自喻。〔5〕雪拥：大雪满路。〔6〕蓝关：蓝田关。〔7〕汝：你，指韩愈侄孙韩湘。〔8〕瘴江：泛指岭南河流，当时岭南多瘴疠之气，所以称瘴江。

【译文】

早上才把《论佛骨表》的奏章呈给皇帝，晚上就被贬往八千里外的潮阳。本意是为朝廷除去弊政，岂敢因体弱年迈而爱惜残年。秦岭云雾密布，不知家在何方，蓝田关满是积雪，马儿都不愿往前走。知道你远道相送必有打算，好在瘴江边捡回我这把老骨头。

【赏析】

此诗是韩愈谏迎佛骨遭贬途中写给其侄孙韩湘的。诗的前四句叙述自己早上进谏、晚上就遭贬的经过，并以"九重天""路八千"等词极力修饰，说明自己一天内遭遇的巨大变故，颇有不平之气。后四句描写自己被贬途中的艰难险阻，以及未到潮阳就已心灰意冷、生死未卜的迷惘心情。叙议结合，情景交融，诗人抒发了自己远离京城遭受磨难的凄恻之情。这是一首千古传诵的名篇。

干 戈

王 中

干戈未定欲何之[1],一事无成两鬓丝。
踪迹大纲王粲[2]传,情怀小样[3]杜陵[4]诗。
鹡鸰[5]音断人千里,乌鹊巢寒月一枝。
安得中山[6]千日酒[7],酪然直到太平时。

【注释】

[1]欲何之:想要到哪儿去。[2]王粲:"建安七子"之一。[3]小样:有点儿像。[4]杜陵:杜甫。[5]鹡鸰(jí líng):鸟名,此处用来比喻兄弟。[6]中山:古地名。[7]千日酒:东晋干宝《搜神记》载,中山狄希能造千日酒,饮之则醉,千日方醒。

【译文】

战乱没有停息,我不知该往哪里去,动乱年月里一事无成,只有两鬓白发。我漂泊不定的生活大约跟王粲相似,心情压抑悲哀似杜甫的诗。相隔千里的兄弟音讯断绝,我寄居在这里就像冷月下乌鹊筑巢在一根树枝上。怎样能得到一醉千日的中山酒,让我大醉醒来就是天下太平时。

【赏析】

　　王中,字积翁,宋末诗人。宋代末年战乱不断,作者痛恨自己虽然志趣高远,但身处乱世,无所作为,叹息自己像王粲一样漂泊不定,像杜甫一样愁闷不已。同时,他看到天下百姓流离失所,兄弟骨肉分离、远隔千里,对残酷的现实感到十分不满,然而又无能为力,只能借酒消愁,回避现实。全诗感情真挚,用典极为自然,表达了作者在痛苦中对美好生活的向往。

归　隐

陈抟

　　十年踪迹走红尘,回首青山入梦频。
　　紫绶[1]纵荣争及睡,朱门虽富不如贫。
　　愁闻剑戟[2]扶危主[3],闷听笙歌聒醉人。
　　携取旧书归旧隐,野花啼鸟一般春。

【注释】

　　[1]紫绶:系印的紫色绶带,这里借指高官厚禄。[2]剑戟:借指武力。[3]危主:国家危亡时的君主。

【译文】

　　十年来为了功名四处奔波,回首往事,旧游的青山频频入梦。当官纵然荣耀,但哪有酣睡舒适,住在红漆大门里虽然富贵,却不如穷人自在。听到用战争扶救君主的事我就发愁,听到喧闹靡靡的笙歌我就苦闷。收拾旧书,回到旧时的隐居地,野花在开,鸟儿在唱,这里春光无限。

【赏析】

陈抟,字图南,自号扶摇子,亳州真源人(今属河南),是五代著名道士,人称"睡仙",对道教及宋代理学影响甚大,宋太宗时赐号"希夷先生"。作者有感于五代时的纷乱世事,以睡觉的舒适否定做官的荣耀,以贫寒但自由的生活否定富贵但处心积虑的生活。他在看透世事、大彻大悟之后,遂携书飘然投入大自然的怀抱,回到从前居住过的世外桃源。全诗条理清晰,丝丝入扣,题旨鲜明,同时也流露出诗人消极避世的思想。

春 晓

孟浩然

春眠[1]不觉晓[2],处处闻啼鸟。
夜来风雨声,花落知多少。

【注释】

[1]眠:睡觉。[2]晓:天亮了。

【译文】

春天酣睡,醒来时不觉天已大亮,到处是鸟儿清脆婉转的叫声。昨夜听到刮风下雨的声音,花儿不知被打落了多少。

【赏析】

"一年之计在于春",春天是历代诗人吟咏最多的季节,此诗更是家喻户晓、妇孺皆知的名作。孟浩然是著名的田园诗人,他在此诗中描述自己一夜酣睡,等醒来时天已大亮,外面百鸟啼鸣,春意盎然,诗人忽然又想到昨夜的风雨不知吹落了多少花儿。诗人通过听觉、感受来描写百花盛开、万紫千红的灿烂春色,巧妙地抒发了自己的惜春、恋春之情,其笔法、构思、境界都别具一格。

送郭司仓

王昌龄

映门淮水[1]绿,留骑[2]主人心。
明月随良掾[3],春潮夜夜深。

【注释】

〔1〕淮水:淮河。〔2〕留骑:挽留骑马的人(指郭司

仓）。〔3〕掾（yuàn）：唐代州刺史以下官吏的通称，这里指郭司仓。

【译文】

碧绿的淮河水映照门前，我挽留的心意十分诚恳。明月代我为好官送行，我对你的思念如春潮一夜比一夜深。

【赏析】

这是一首送别诗，描绘了一幅月夜送友、情深意长的感人画面。首句写送别的地点。第二句写自己对友人依依不舍之情。第三句点明送行时间——月夜，同时赞美郭司仓是好官。尾句以春潮设喻，更显出诗人对友人的深厚情谊。

洛阳道

储光羲

大道直如发,春日佳气[1]多。
五陵[2]贵公子,双双鸣玉珂[3]。

【注释】

〔1〕佳气:温和晴朗的天气。〔2〕五陵:汉代长陵、安陵、阳陵、茂陵、平陵五座陵墓。这里借指贵族聚居地。〔3〕玉珂:马络头上的玉饰品。

【译文】

大道笔直如发,春天里多是风和日丽的好天气。五陵的公子哥儿结伴游春,成群结队的骏马上的玉坠儿响叮当。

【赏析】

储光羲写过不少田园诗,诗风清新质朴。该诗是《洛阳道五首献吕四郎中》组诗的第三首,全诗描绘了贵族公子三三两两骑马出城踏青游春的场面,从玉器的撞击声中让人联想到贵族公子们悠然自得的神态,生动形象的刻画使此诗显得含蓄蕴藉,颇具匠心。

独坐敬亭山
李 白

众鸟高飞尽,孤云独去闲[1]。
相看[2]两不厌,只有敬亭山。

【注释】

〔1〕闲:悠闲的样子。〔2〕相看:指作者自己和敬亭山互相观望。作者在这里将敬亭山拟人化。

【译文】

群鸟高飞不见踪影，一片孤云独自悠闲地飘向天边。两相对看不生烦厌，只有我和前面的敬亭山。

【赏析】

作者构思巧妙，想象奇特，赋予山水景物以生命，将敬亭山拟人化，写得十分生动。群鸟已去，孤云悠飘，衬托出敬亭山的清新脱俗。说自己与山"相看两不厌"，表明自己与山相知，宁愿忍受孤单，也不愿趋炎附势。全诗表现手法巧夺天工，颇为奇特。

登鹳雀楼

王之涣

白日依山尽，黄河入海流。
欲穷[1]千里目，更上一层楼。

【注释】

[1] 穷：穷尽。

【译文】

太阳沿着山峦西沉，黄河向着大海奔腾。想要看到千里之外更远的风景，得登上更高一层楼。

【赏析】

此诗作者在前两句中以飞动的笔法极力描绘登上鹳雀楼后见到的壮观场面——白日落山、黄河入海,对仗极为工整。后两句颇具哲理:万事万物,只有站得高,才能看得远。这也是该诗的精髓所在。

观永乐公主入蕃[1]

孙 逖

边地[2]莺花[3]少,年来[4]未觉新。
美人[5]天上落,龙塞[6]始应春。

【注释】

〔1〕永乐公主:唐东平王外孙女,唐玄宗将她嫁给契丹王为妻。蕃:古代称少数民族为蕃。〔2〕边地:边塞。〔3〕莺花:黄莺和花儿。〔4〕年来:年后。〔5〕美人:指永乐公主。

[6]龙塞:龙城,泛指边塞。

【译文】

边塞很少有花红鸟鸣的景象,新年来到也不见新气象。永乐公主嫁到塞外就如美人从天而降,边塞之地才开始有了春光。

【赏析】

唐开元五年十二月,唐玄宗封东平王外孙女杨氏为永乐公主,嫁与契丹王李失活。该诗是作者有感永乐公主远嫁边塞而作。诗中表面上颂扬永乐公主给边塞带来春色,其实含义深刻,因为永乐公主的出塞对她自己来说并不是什么好事,而对唐王朝来说,却能让边境得到暂时的安定。全诗词意明了,细细想来却回味无穷。

春　怨

金昌绪

打起[1]黄莺儿，莫教枝上啼。
啼时惊妾[2]梦，不得到辽西[3]。

【注释】

〔1〕打起：赶走。〔2〕妾：古代女子自称。〔3〕辽西：辽河以西。

【译文】

快赶走黄莺，不要让它在枝头啼叫。惊扰了我的好梦，让我不能在梦中去辽西与丈夫相会。

【赏析】

此诗构思巧妙,情真意切。诗中写道:不要让那树枝上的黄莺叽叽喳喳吵个不停,吵得我不能在梦里去辽河以西与我戍守边疆的丈夫相会。该诗生动地描绘了妇女思念远方丈夫的内心活动,诗意缠绵隽永,一气呵成,兼具民歌风格,真实感人。

左掖[1]梨花

丘 为

冷艳全欺[2]雪,余香乍[3]入衣。
春风且莫定[4],吹向玉阶[5]飞。

【注释】

[1]左掖:唐代门下省官署,因在宫殿左侧,所以称左掖。[2]欺:压过,超过。[3]乍:刚刚。[4]定:停。[5]玉阶:原指玉石砌成的台阶,这里暗指皇宫。

【译文】

梨花的冷艳美压倒了白雪,一缕余香浸入人的衣裳。春风啊你且不要停息,把梨花的幽香吹到皇帝脚下的台阶上。

【赏析】

丘为,苏州嘉兴(今属浙江)人,天宝二年进士,官至太子右庶子,他与王维、刘长卿等都是好友。其诗多写田园风光,

风格飘逸。他在这首诗中含蓄地表达了希望施展抱负的愿望。诗人先描写梨花的高洁芳香胜过皎洁的白雪,继而希望和煦的春风将梨花的幽香吹到皇宫的玉阶前,得到君主的赞赏。作者在这里以梨花的幽香自喻,巧妙地表达了自己欲学有所用、大展宏图的理想。

思君恩
令狐楚

小苑[1]莺歌歇,长门[2]蝶舞多。
眼看春又去,翠辇[3]不曾过。

【注释】

[1]小苑:宫中的小园林。[2]长门:汉宫名,代指失宠宫妃的内宫。[3]翠辇(niǎn):皇帝的车驾。

【译文】

小花园里黄莺已不再歌唱,长门宫外蝴蝶婆娑起舞。眼看着春天又过去了,君王的车驾却不曾来过。

【赏析】

令狐楚,字壳士,宣州华原(今属陕西)人,唐贞元七年中进士,累官同平章事,与白居易、刘禹锡相友善。其诗清秀婉丽,选入《御览诗》。封建社会的君王为了满足颓靡荒淫生活的需要,总是在民间挑选大批女子进宫,这些女子入宫后就终生幽居于深宫。这首诗就是描写一位入宫的女子眼看韶华将过,却始终未能得到皇帝的宠幸,怨恨之情溢于言表。

题袁氏别业

贺知章

主人不相识,偶坐为林泉[1]。
莫谩[2]愁沽酒,囊中自有钱。

【注释】

〔1〕林泉:山林与泉石,指景物幽深的地方。〔2〕谩:通"慢",怠慢,轻视。

【译文】

和主人素不相识,为观看林泉美景偶然闲坐在一起。不要为买酒而发愁,我的衣袋中装满铜钱。

【赏析】

贺知章的诗清新畅达、不拘一格,这一首就充分体现了这种风格。诗人在袁氏园林见到林泉美景,舍不得离去,虽然与主人袁氏素昧平生,却愿意掏钱买酒,与主人在美景之中推杯换盏,诗人坦荡潇洒的形象呼之欲出。全诗写的虽是诗人游览中的一个小小片段,却清新脱俗,有滋有味,朴素自然,富于生活情趣。

夜送赵纵

杨 炯

赵氏连城璧[1],由来天下传。
送君还旧府[2],明月满前川。

【注释】

〔1〕连城璧:比喻作者友人赵纵人才难得。〔2〕旧府:指赵纵的故乡山西,古属赵国,也是连城璧的产地。

【译文】

你就像那和氏璧一样珍贵,美名早已传扬天下。今夜我送你回故里,明月照着你走向远方的家乡。

【赏析】

　　杨炯，华阴（今陕西华阴）人，官至盈川县令，是"初唐四杰"之一，诗风雄健激扬，一扫六朝浮靡之气。这是一首送别诗，写得精巧别致。诗人送友人赵纵回山西，于是将赵纵比喻成赵国的和氏璧。最后一句既点明了送别的时间，又表现了诗人对友人深深的祝福。

竹里馆

王维

　　独坐幽篁[1]里，弹琴复长啸[2]。
　　深林人不知，明月来相照。

【注释】

　　[1]篁：竹林。[2]长啸：撮口发出长而清晰的声音，古代雅士常借此抒情。

【译文】

一个人独坐在幽静的竹林里,弹一曲清音,发几声长啸。身处密林中无人知晓,只有皎洁的明月把我照耀。

【赏析】

王维是著名的山水诗人,他在这首小诗中,以高超的笔法描绘出一种清静幽深的境界:在宁静的月光中,诗人独自坐在竹林中弹琴吟咏,超然自得,物我两忘。幽深的竹林中只有一轮明月伴他吟咏歌唱,其乐无穷。苏轼曾说王摩诘(维)诗中有画,画中有诗。

送朱大入秦

孟浩然

游人五陵[1]去,宝剑值千金。
分手脱[2]相赠,平生一片心。

【注释】

[1]五陵:长安附近。[2]脱:这里指摘下。

【译文】

朱大要回长安了,我的宝剑价值千金。临别时摘下送给你,以表达我的一片真心。

【赏析】

古人离家远游常佩带宝剑,诗人的朋友朱大要回长安,诗人在临别时赠宝剑以作留念,表明自己与友人的情意远不止千金。最后一句"平生一片心",道出了诗人对朋友的深厚感情,千言万语,尽在其中。古时舟车不便,一别三年五载,因此赠别一直是古人吟咏最多的题材。

长干行[1]

崔 颢

君家何处住,妾住在横塘[2]。
停船暂借问,或恐[3]是同乡。

【注释】

[1]长干行:乐府诗旧题。[2]横塘:在今南京秦淮河南岸。[3]或恐:也许,恐怕是。

【译文】

请问你住在什么地方?我的家住在横塘。停下船来问一下,也许咱俩是同乡。

【赏析】

此诗描写了船中的男女在江上对话的情景,一位少女大胆地向江上另一条船中的男子打听对方的家乡,还没等对方回答,又急切地说出自家在横塘,接着少女又急忙解释:"我这样问是想知道你家是不是也在横塘。"诗中刻画了少女期盼的神态,表现出浓浓的乡情。至此,全诗的趣味性也凸显出来。

咏 史

高 适

尚有绨袍[1]赠,应怜范叔[2]寒。
不知天下士[3],犹作布衣[4]看。

【注释】

〔1〕绨（tí）袍：一种丝织物做的袍子。〔2〕范叔：范雎，字叔，战国时期魏国人。〔3〕天下士：指豪杰之士。〔4〕布衣：平民百姓。

【译文】

还好须贾把绨袍赠给范雎，应该是怜悯他贫寒。须贾竟识不出天下奇才，把相国当作布衣人。

【赏析】

这是一首咏史诗。战国时魏国派须贾和范雎出使齐国，当时齐王认为范雎有才并加以赏赐，却冷落了须贾，须贾回国后向魏相进谗言，使得范雎遭受重刑。范雎冒死逃往秦国，改名张禄，被秦王重用，拜为相。后魏又派须贾出使秦国，范雎知道后穿着破衣服去见须贾，须贾见范雎如此惨状，连忙将自己的绨袍赠给范雎，想让范雎帮忙疏通秦相。后须贾入秦相府，才知张禄就是范雎，范雎念须贾赠衣之情，原谅了须贾。作者在这里借这段历史表现自己郁郁不得志。

罢相作

李适之

避贤[1]初罢相,乐圣[2]且衔杯。
为问门前客,今朝几个来。

【注释】

[1]避贤:让贤,让位于李林甫,是讽刺的手法。[2]乐圣:爱酒。

【译文】

因让贤避位刚刚被罢去宰相之职,生性好酒,如今可举杯痛饮开怀。为此问昔日的宾客,今天会有几个还肯前来。

【赏析】

李适之,唐朝宗室,玄宗天宝年间任左丞相,"饮中八仙"之一。李适之被罢去丞相之职是遭李林甫陷害,不久他就被逼自尽,所以这里所说的"避贤"与"乐圣"不过是委婉宽慰之词。后两句中,作者以犀利的笔触讽刺了那些在自己显赫时逢迎左右而罢相后踪迹皆无的宾客,形象地勾勒出封建官僚的丑陋嘴脸。

逢侠者

钱 起

燕赵悲歌士[1],相逢剧孟[2]家。
寸心言不尽,前路日将斜。

【注释】

〔1〕悲歌士:慷慨悲歌的豪侠之士。〔2〕剧孟:汉代洛阳人,以慷慨侠义闻名于世。

【译文】

燕赵来的勇猛仗义的豪侠,今天我们相逢于大侠剧孟的家乡洛阳。知心的话儿说不完,太阳就要下山,我们也要各奔东西。

【赏析】

封建社会有许多路见不平、拔刀相助的豪侠之士,这首诗就是作者遇到豪侠之士后的赠别诗。开头两句,作者以高昂的笔调叙述他们相逢于洛阳,后两句描述了两人见面后甚为投机,可太阳快要落山,无奈只好握手言别,表达了两人一见如故的情谊,也流露出作者对封建社会不平之事的无奈。

江行望匡庐

钱 起

咫尺[1]愁风雨,匡庐[2]不可登。
只疑云雾窟[3],犹有六朝[4]僧。

【注释】

[1]咫尺:形容距离很近。[2]匡庐:庐山。[3]窟:小屋。[4]六朝:指东吴、东晋、宋、齐、梁、陈。

【译文】

近在咫尺却因风雨阻隔,眼前的庐山暂时无法攀登。猜想

那云雾缭绕的山顶小屋中,恐怕还有六朝时的高僧在修行吧。

【赏析】

　　钱起,字仲文,唐天宝年间进士,代表作有《江行无题一百首》,本诗为其中之一。庐山在江西省鄱阳湖畔,长江之滨,自古以来就是我国的风景胜地,东晋时,高僧慧远曾在此主持名刹东林寺。诗人因风雨无法登山,在雨中望着庐山,不禁浮想联翩:那时隐时现、云雾缭绕的山顶小屋中,或许还有六朝时的高僧在里面修禅吧!诗人从虚处下笔,使该诗显得神完气足、颇富神韵。

答李浣

韦应物

林中观易[1]罢,溪上对鸥闲。
楚俗饶[2]词客[3],何人最往还[4]?

【注释】

〔1〕易:《易经》。〔2〕饶:富饶,这里形容多。〔3〕词客:诗人。〔4〕往还:交往。

【译文】

在树林中读完《易经》,悠闲地漫步江边观看水中的鸥鹭。楚地向来多出诗人,是谁和你交往最密切?

【赏析】

李浣在楚地做官回来,写诗询问作者近况,作者就写这首诗回复。作者从景物入手,先叙述自己近来闲适的生活,后转问李浣与楚地的哪些诗人交往最为密切。此诗虽写的是最平常的答问之辞,但亲切自然,富有浓郁的生活气息。

秋风引
刘禹锡

何处秋风至,萧萧送雁群。
朝来入庭树[1]**,孤客**[2]**最先闻。**

【注释】

〔1〕庭树:庭院中的树木。〔2〕孤客:出门在外的人,作者自指。

【译文】

秋风从何处来?萧萧声中送走南飞的雁群。一大早吹动了庭院里的树木,最先听到的是我这独居异乡的人。

【赏析】

这是一首描写秋风的诗,旅居异地的诗人对季节的变化十分敏感,诗人在秋风中看着南飞的雁群,听到萧萧风声,立刻意识到秋天到来,这一变化自然使他不胜思乡之愁。全诗以"秋风"为题,借以表达游子的思乡之情,笔法曲折,回味悠长。

秋夜寄丘员外
韦应物

怀君[1]属秋夜,散步咏[2]凉天。
山空松子落,幽人[3]应未眠。

【注释】

〔1〕君:指丘员外,即丘丹。〔2〕咏:吟咏。〔3〕幽人:指丘丹,当时他幽居临平山学道。

【译文】

在秋天的深夜里我想念着你,散步吟咏着这寒凉的天。空旷的山中松子随秋风坠落,朋友你还没入睡吧。

【赏析】

这是一首秋夜怀人诗,诗中前两句描述诗人在秋夜散步,吟诗怀念老友,后两句想象友人在那幽静空旷的深山学道,夜这么深都还没有睡吧!诗人先写自己深夜不眠为后面的猜测进行铺垫,以自己的设想巧妙地表达了对友人的思念之情,使该诗富于立体感。

秋 日

耿 沣

返照^[1]入闾巷^[2],忧来谁共语。
古道少人行,秋风动禾黍^[3]。

【注释】

[1]返照:夕阳余晖。[2]闾巷:街道。[3]禾黍:谷子和小米之类的作物,这里泛指庄稼。

【译文】

夕阳余晖映照着小巷,忧愁无人诉说。荒凉的古道上行人很少,只有秋风吹得庄稼摇晃。

【赏析】

耿沣（wéi），字洪源，河东（今山西永济）人，唐宝应元年进士，官至左拾遗，他的诗风平淡质朴自然。该诗通过对闾巷的描写，表达出诗人幽居山谷的寂寞心情，夕阳、古道、秋风都透着一丝伤感，诗人也忧从中来，触景生情，生出一股寂寞萧索之感。

秋日湖上

薛莹

落日五湖[1]游，烟波处处愁。
浮沉千古事[2]，谁与问东流。

【注释】

〔1〕五湖：指江苏太湖。〔2〕千古事：春秋时期吴越争霸之事。

【译文】

迎着落日荡舟太湖,烟波浩渺勾起无限忧愁。古往今来这里发生了多少胜败兴亡的故事,水已东流谁还来询问。

【赏析】

这是一首怀古诗。诗人泛舟太湖,看着眼前烟波浩渺的湖水,不禁想起吴越争霸的这段历史,越王卧薪尝胆,一举灭吴,这一沉一浮都已成为历史陈迹,如果不是今日泛舟湖上,谁还会想起这段往事呢?正是因为太湖与吴越有着密切联系,才使得诗人有这诸多感触,全诗流露出诗人对日益衰败的唐帝国的伤感。

宫中题

李 昂

辇路[1]生秋草,上林[2]花满枝。
凭高何限意,无复侍臣知。

【注释】

〔1〕辇(niǎn)路：宫中帝王车驾行驶的道路。〔2〕上林：上林苑，供皇帝玩乐的宫苑。

【译文】

皇宫内的辇道长满秋草，上林苑里花儿开满枝头。登高望远有说不尽的烦心事，身边的侍臣也无法详知。

【赏析】

唐文宗李昂身为皇帝却苦于宦官专权，想除去宦官却未能如愿。他愤懑不已，痛苦不堪。纵然御花园繁花似锦、辇路秋草丛生，他也无心赏玩。他登高远眺，深感孤独、无助，连个说贴心话的人都没有。

寻隐者不遇
贾 岛

松下问童子[1],言师采药去。
只在此山中,云深不知处。

【注释】

〔1〕童子:隐者的童仆。

【译文】

松树下询问童仆,童仆说师父采药去了。就在这座山中,只是云深雾浓,不知他究竟在哪里。

【赏析】

访友不遇本是十分沮丧的事,诗人却在寻访中写出一首别具风味、颇有哲理的小诗。诗人本欲拜会隐者,不料隐者的小弟子说师父已出门,去深山之中采药,只是云深雾浓不知他究竟在哪里。最后一句点活了全诗。

汾上惊秋[1]

苏 颋

北风吹白云,万里渡河汾。
心绪逢摇落[2],秋声不可闻。

【注释】

[1]汾上:汾河,这里指汾河流入黄河的入河口。惊秋:眼观秋景,感慨万千,心绪不安。[2]摇落:凋残、零落,喻指秋天。

【译文】

北风吹着天上的白云,要渡过汾河到万里以外的地方去。满腹伤感又逢草木凋落,不忍心听闻这萧瑟的秋声。

【赏析】

苏颋(tǐng),字廷硕,京兆武功(今陕西武功)人,武则天时进士,袭封许国公。汉武帝刘彻在游汾水时,曾作《秋风

辞》,第一句即为:"秋风起兮白云飞。"诗人在这里化用此句,因为他看到草木凋零、秋风萧瑟的景象时,同样有刘彻当时的感觉。诗中抒发了诗人不安的情绪,情景交融,含蓄委婉。

蜀道后期

张 说

客心[1]争日月,来往预期程。
秋风不相待,先至洛阳城。

【注释】

[1]客心:客居他乡的人的心情。

【译文】

游子归乡心情急迫,像与时间进行争夺战,来往的行程都预先规划好。秋风急得不能等待,抢先一步到达了洛阳城。

【赏析】

张说,字道济,今洛阳人,武后时授太子校书,是唐玄宗时的宰相,封燕国公。其文章十分有名,一反六朝浮靡绮丽之风,有《张燕公集》传世。文中写作者出使蜀地,本来日程都已安排好了,可因事情耽误了回程的日期,现在都到秋天了,秋风已经吹到了洛阳,人却还没有回去。诗人将秋风拟人化,责怪秋风先行出发,这一手法使全诗显得生动有趣。

静夜思

李 白

床前明月光,疑是地上霜。
举头[1]望明月,低头思故乡。

【注释】

[1] 举头:抬头。

【译文】

皎洁的月光透过窗户洒落床前,好像地上结了层薄薄的霜。抬头凝望明月,低头思念起同在明月之下的故乡。

【赏析】

这是一首思乡名作,意境深远。诗人半夜醒来,望着地上如水似霜的月色,情不自禁地想到自己孤身一人漂泊在外,只好把思乡之情寄托于天上那一轮清冷的明月。诗人巧妙地通过抬头、低头的动作,表达出彷徨无助的思乡情绪。黄叔灿在《唐诗笺注》中评道:"即景即情,忽离忽合,极质直却自情至。"沈德潜也说:"旅中情思,虽说明却不说尽。"

秋浦歌
李白

白发三千丈[1],缘[2]愁似个[3]长。
不知明镜里,何处得秋霜[4]。

【注释】

〔1〕三千丈:诗人的夸张手法,形容白发很长很多。
〔2〕缘:因为。〔3〕个:这样。〔4〕秋霜:指白发。

【译文】

白发长约三千丈,是因为愁才长得这样长。不知道镜中的我,是在哪里染上这白白的秋霜。

【赏析】

诗人用浪漫主义的手法,夸张地描绘出自己看到白发,叹息光阴流逝的郁闷心情。诗人一生颠沛流离,走遍名山大川,一身才华无处施展,所以"郁于中而泄于外",发而为诗,从而达到极高的艺术境界。王琦评此诗道:"起句奇甚,得下文一解,字字皆成妙义,洵非仙才,那能作此!"

赠乔侍御

陈子昂

汉廷荣[1]巧宦[2],云阁[3]薄[4]边功[5]。
可怜骢马使[6],白首为谁雄[7]。

【注释】

[1]荣:作动词用,使……荣耀。[2]巧宦:投机取巧、善钻营的官吏。[3]云阁:指云台和麒麟阁,汉代悬挂名将功臣图像的地方。[4]薄:轻视。[5]边功:指在边境保卫国家的功勋。[6]骢(cōng)马使:汉代桓典为侍御史,有威名,人称骢马御史。这里指乔侍御。[7]雄:称雄。

【译文】

汉代朝廷只让善钻营的官吏得到荣耀,奋战沙场立功边塞的人却被忽视。可怜骢马御史桓典,直到白头仍英雄无用武之地。

【赏析】

陈子昂,字伯玉,梓州射洪(今属四川)人,二十四岁即中进士,官至右拾遗,是初唐诗文革新人物之一,其诗风骨峥嵘,寓意深远,苍劲有力,有《陈伯玉集》传世。此诗借汉讽唐,批评唐王朝用人不当、赏罚不明,以致他的好友乔侍郎怀才不遇。其实作者不仅在此为乔侍郎鸣不平,也是发泄自己在政治上屡遭挫折的愤懑情绪。全诗用典贴切,感情真挚自然。

答武陵太守

王昌龄

仗剑[1]行千里,微躯[2]敢一言。
曾为大梁[3]客,不负信陵[4]恩。

【注释】

〔1〕仗剑:持剑,拿着剑。〔2〕微躯:古人自谦的称呼。〔3〕大梁:古城名,在今河南开封西北部。〔4〕信陵:指战国时的信陵君,他礼贤下士,有三千门客。

【译文】

手持宝剑远行千里,临别时我冒昧地进一言。在你这里既然受到了像当年大梁的看门人侯嬴那样的礼遇,我就决不会辜负如信陵君的你的恩惠。

【赏析】

王昌龄准备离开武陵,太守设筵饯行,诗人就以此诗答谢太守。诗开头豪气十足,显示出全诗豪放的风格,第二句则表明自己对朋友的感情。最后诗人以信陵君的礼贤下士来比喻太守对自己的知遇之恩,同时,又表明自己不会辜负太守的殷殷期望。此诗风格雄健,以古喻今,一气呵成,反映出诗人精深的艺术功力和知恩图报的侠义心肠。

行军九日思长安故园
岑 参

强[1]欲登高[2]去,无人送酒来。
遥怜故园菊,应傍战场开。

【注释】

〔1〕强:勉强。〔2〕登高:古人有九月九日重阳节登高的习俗。

【译文】

重阳节这天勉强打算去登高,没有人给我送酒来。怜惜遥远故乡的菊花,此时应该还依傍着战场盛开。

【赏析】

九月九日登高与饮菊花酒是古时习俗,作者却在此日无精打采,勉强登高;又想起当年陶潜隐居庐山时,太守王弘派白衣人送酒之事,自叹不如。后两句是说安禄山、史思明的叛军已经攻到长安的故园,国难当头,故园里的菊花自不能保,而这也正是自己勉强登高、心情郁闷的原因。此诗构思缜密,通过菊花写出了"安史之乱"时长安混乱不堪、民不聊生的社会现实。

婕妤怨
皇甫冉

花枝[1]出建章[2],凤管[3]发昭阳[4]。
借问承恩[5]者,双蛾几许[6]长。

【注释】

〔1〕花枝:比喻得宠的嫔妃。〔2〕建章:汉代宫殿名。〔3〕凤管:乐器,这里代指音乐。〔4〕昭阳:汉宫名,在未央宫中。〔5〕承恩:受皇帝宠爱。〔6〕几许:几多。

【译义】

建章宫迎出如花似玉的美人,昭阳殿传来悠扬动听的乐声。请问被皇上宠爱的美人儿,你们的双眉到底画得有多长。

【赏析】

皇甫冉,字茂政,丹阳(今江苏丹阳)人,天宝年间进士,调无锡尉,大历时迁右补阙,其诗清新飘逸。诗人借描写失宠宫妃的内心活动来揭露封建帝王腐朽的宫廷生活,同时对失宠宫妃表示深切同情。

题竹林寺
朱 放

岁月人间促[1],烟霞[2]此地多。
殷勤[3]竹林寺,更得几回过[4]。

【注释】

〔1〕促:短促。〔2〕烟霞:指庐山的云雾。〔3〕殷勤:眷恋,流连忘返。〔4〕过:探问,来临。

【译文】

人世间光阴匆匆而过,烟霞美景却多多地停留在竹林寺附近。让人流连忘返的竹林寺啊,我还能再来探访几回呢?

【赏析】

朱放,字长通,中唐时襄州襄阳(今湖北襄樊)人,朝廷授左拾遗之职,不就。其诗风格恬淡自然。诗人游玩竹林寺时产生一系列联想,不由得感叹人生苦短、欢乐难再,流露出一种感伤情绪。

三闾庙

戴叔伦

沅湘[1]流不尽,屈子[2]怨何深!
日暮秋风起,萧萧枫树林。

【注释】

[1]沅湘:沅江、湘江。[2]屈子:屈原。

【译文】

沅水和湘水奔流不息,屈原的怨愤有多么深!夕阳西沉,秋风乍起,红枫林里回响着萧萧风声。

【赏析】

戴叔伦,字幼公,润州金坛(今江苏金坛)人,晚年出家为道。此诗以沅湘二水来悼念我国伟大诗人屈原。开头两句用沅湘之水来形容屈原那怀才不遇、忧国忧民的深深哀怨。后两句以景抒情,将自己的感触融入萧瑟的秋景中。小诗虽然简短,但言简意赅,耐人寻味,表达了作者对屈原的深切同情和怀念。

易水送别

骆宾王

此地别燕丹[1],壮士[2]发冲冠。
昔时人已没[3],今日水犹寒。

【注释】

[1]燕丹:战国时燕国太子丹。[2]壮士:勇士,即荆轲。[3]没:消失。

【译文】

荆轲在这里告别燕太子丹,为除强暴壮士他怒发冲冠。昔日的勇士早已不在,今日的易水还是那样寒冷。

【赏析】

骆宾王,婺州义乌(今浙江义乌)人,历任长安主簿,后贬至临海县丞。他是"初唐四杰"之一,七岁即能赋诗。其诗格律严谨,风清神峻。这首诗是诗人与朋友在易水边分别时所作。诗中讲述了燕太子丹送荆轲刺杀秦王的历史故事,对荆轲的壮志未酬感叹不已。到第四句,诗人一下将时限移至今日,将古今在易水边发生的事巧妙联系起来,写得荡气回肠,将荆轲的慷慨形象描绘得淋漓尽致。

别卢秦卿

司空曙

知有前期[1]在,难分此夜中。
无将故人酒,不及石尤风[2]。

【注释】

[1]前期:作者与友人约定的别后相会的日期。[2]石尤风:逆风。

【译文】

虽然我明知后会有期,但今夜还是难舍难分,不忍别离。不要让我这老朋友的饯行酒,比不上那阻挡船行的逆风。

【赏析】

司空曙,字文明,广平(今河北永年)人,生活于唐朝大历、贞元年间,曾举进士,为"大历十才子"之一,其诗朴素真挚,情感细腻。这是一首送别诗。诗人明明知道和卢秦卿后会有期,可还是舍不得老朋友走,总是想方设法多留友人一会儿,无奈友人时间已定,诗人急了,便举起酒杯说:"难道我这个老友挽留你的这杯酒,都不及那阻挡船行的逆风吗?"此诗写得情真意切,构思新颖,诗人与友人的深厚情谊跃然纸上。

答 人

太上隐者

偶来松树下,高枕石头眠。
山中无历[1]日,寒尽不知年。

【注释】

〔1〕历:日历。

【译文】

偶尔来到松树下面,枕着块石头就酣然入睡。山中没有日历,寒冷天气过完了却不知是哪一年。

【赏析】

太上隐者,唐代隐士,隐居于终南山,自称"太上隐者",生平不详。当时有人问他有多少岁,他就说:"我偶尔会来到松树下,头枕石头睡觉。深山中没有日历,所以到了寒气消失的时候,我都不知道是哪年哪月。我自己都不知道自己的年纪,怎么回答你呢?"诗人以自己的隐居生活和山中的节气变化,向人们描绘了一位不食人间烟火的高人形象。

幸蜀回至剑门

李隆基

剑阁[1]横云峻,銮舆[2]出狩[3]回。
翠屏[4]千仞合,丹嶂[5]五丁开[6]。
灌木萦[7]旗[8]转,仙云拂马来。
乘时[9]方在德,嗟[10]尔[11]勒铭[12]才。

【注释】

〔1〕剑阁:在今四川剑阁县东北,是古时通往关中的要道。〔2〕銮舆:皇帝的车驾。〔3〕出狩:帝王蒙难出奔的讳辞。此处指唐玄宗到蜀地避乱。〔4〕翠屏:绿色的屏风。〔5〕丹

嶂:赤红色的像屏障一样直立的陡峭山崖。〔6〕五丁开:传说剑门的山路是五个男壮丁开凿的。〔7〕萦:绕。〔8〕旗:唐玄宗的仪仗旗。〔9〕乘时:顺应时势。〔10〕嗟:感叹词。〔11〕尔:指唐玄宗的随从。〔12〕勒铭:刻石记功。

【译文】

高峻的剑门山耸入云端,我避乱到蜀,今日乘车驾从此返回。高耸千仞的剑门山像围拢来的翠色屏风,山间险峻的路由古代五个大力士开凿。丛生的树木好像围绕着旗帜,山上的白云好像迎着马飘浮而来。顺应时势去治理天下,关键在于施行仁德,各位大臣,你们建功立业,是国家的栋梁。

【赏析】

李隆基,即唐玄宗,睿宗李旦第三子,因平定韦氏之乱被立为太子,延和元年即位,即位初期起用姚崇、宋璟二相,政治清明,后期则宠信李林甫等权奸,国事腐败,酿成"安史之乱"。唐玄宗精通音律,善诗词书法。此诗起笔突兀,颇具气势,接下来运用各种技法,对剑阁险要的地势进行了形象细致的描写,仅十字就使人对剑阁产生了很深的印象。第三联是描写登山时所见:古木参天,围拥着仪仗队;白云缭绕,扑面而来。全诗动静结合,险中有奇。

和晋陵陆丞早春游望

杜审言

独有宦游人[1],偏惊物候[2]新。
云霞出海曙,梅柳渡江春。
淑气[3]催黄鸟,晴光转绿蘋[4]。
忽闻歌古调,归思欲沾巾[5]。

【注释】

〔1〕宦游人:离开家乡做官的人。〔2〕物候:自然界显出季节变化的现象。〔3〕淑气:温暖的气候。〔4〕蘋:浮萍,又名田字草。〔5〕沾巾:落泪打湿衣裳。

【译文】

只有远在异乡做官的人,才对季节气候的变化有敏锐的感觉。看曙光初现,云气在朝阳的照射下变成绚烂的彩霞,过长江南岸,梅树开花,杨柳抽芽,仿佛染上了迷人的春色。温暖的春天气息催动黄莺婉转鸣叫,和煦的阳光让水面的浮萍变得绿意盎然。忽然听到你吟诵格调高古的诗篇,思归故里的泪水沾满了衣襟。

【赏析】

　　杜审言，字必简，襄阳（今湖北襄阳）人，是杜甫的祖父，咸亨元年进士，与李峤、崔融、苏味道并称"文章四友"。其诗清健自然，格律严谨。诗人开头就以"宦游人"的敏感来感叹物候的变化。下面既有浮云环绕生辉的朝霞和江南春意盎然的梅柳，又有啼鸣的黄莺和阳光下碧绿的浮萍，这一切都显得那么恬静和富有生机，极富艺术感染力。诗人在结尾与开头呼应，点明主题，抒发了自己深切的思乡之情。

蓬莱三殿侍宴奉敕咏终南山

杜审言

北斗挂城边，南山[1]倚殿前。
云标[2]金阙[3]迥[4]，树杪[5]玉堂[6]悬。
半岭通佳气[7]，中峰绕瑞烟。
小臣[8]持献寿，长此戴[9]尧天[10]。

【注释】

　　〔1〕南山：终南山。〔2〕云标：云端。〔3〕金阙：皇宫。〔4〕迥：高远。〔5〕树杪：树梢。〔6〕玉堂：这里泛指宫殿。〔7〕佳气：吉祥的气象。〔8〕小臣：作者自称。〔9〕戴：头顶着。〔10〕尧天：如同尧帝时一样的太平盛世。

【译文】

北斗星高挂在长安城边上,终南山倚靠在蓬莱三殿前。山上华丽的宫殿耸入云端,华美的楼台在树梢上高高悬起。半山腰飘浮着清新的瑞气,山峰上萦绕着祥瑞的云烟。小臣我持酒前来祝寿,愿皇帝治理的天下永是太平盛世。

【赏析】

这是一首应制诗,是皇上命诗人所作。诗开头以北斗和终南山来映衬皇宫的雄伟高大,接着写终南山上高入云端的建筑和半山腰的祥瑞之气。诗结尾祝愿皇上寿比南山,天下太平。此诗用词华贵典雅,结构平整,构思巧妙,虽是歌功颂德的应景之作,却写得形象自然,颇具功力。

春夜别友人

陈子昂

银烛吐清烟,金尊对绮筵[1]。
离堂[2]思琴瑟,别路绕山川。
明月隐高树,长河[3]没[4]晓天。
悠悠洛阳去,此会在何年。

【注释】

〔1〕绮筵：丰盛的宴席。〔2〕离堂：与朋友饯别的厅堂。〔3〕长河：银河。〔4〕没：消失。

【译文】

银色的蜡烛吐着青烟，端起精美的酒杯面对丰盛的宴席。在这饯别的地方想起往日聚会的歌乐，别后的道路山高水长、遥远曲折。明月慢慢地下沉，隐没在高大的树木后面，银河悄悄地消失在拂晓的天色里。通往洛阳的路遥远而漫长，不知何时才能再相会。

【赏析】

这是一首送别诗，原有两首，这里只选其一。诗开头就描写大家将要分别的场面：在离别的宴席上，大家默默相坐，只有蜡烛独自吐着清烟。随着时间的推移，分别的时刻终于到来，从此一别，很难再相见。"悠悠"二字表达出了分别时无可奈何的情绪和内心隐隐的哀愁。此诗沉静中不乏深挚，从环境氛围和时空等方面层层递进，表达了作者与友人难舍难分之情。

长宁公主东庄侍宴

李 峤

别业[1]临青甸[2]，鸣銮[3]降紫霄[4]。
长筵[5]鹓鹭[6]集，仙管[7]凤凰调。

树接南山^[8]近，烟含北渚^[9]遥。
承恩咸^[10]已醉，恋赏未还镳^[11]。

【注释】

〔1〕别业：指长宁公主的东庄别墅。〔2〕甸：郊野。〔3〕鸣銮：指帝王的车驾。〔4〕紫霄：这里指皇宫。〔5〕长筵：长排的宴席。〔6〕鹓（yuān）鹭：这里比喻百官朝见皇帝时秩序井然。〔7〕仙管：管乐的美称。〔8〕南山：指终南山。〔9〕渚：水中陆地。〔10〕咸：都。〔11〕镳：马嚼子，这里代指马。

【译文】

长宁公主的别墅建在郊外，皇帝的车驾从天宫降临。摆下长排的宴席，群臣百官齐聚一堂，管乐齐鸣像凤凰的叫声那样美妙动听。葱绿的树木延伸到终南山，缥缈的烟雾笼罩到遥远的渭水边。承受恩泽的百官都醉意浓浓，因为留恋玩赏美景忘却了勒马返回。

【赏析】

李峤，字巨川，赵州赞皇（今河北赞皇）人，高宗时举进士，官至监察御史，神龙年间封赵国公，与杜审言等合称"文章四友"，他的诗非常有名。此诗是说长宁公主的别墅建在郊外，皇帝的车驾经常来这儿，管弦齐鸣，文武百官列队相迎。在这苍木连南山、烟雾漫北渚的美景中，文武群臣都醉意浓浓，忘了勒马返回。这是李峤随中宗到东庄别墅时作的应制诗，诗中极尽颂扬铺张之能事，但值得肯定的是结构严谨。

恩赐丽正殿书院赐宴应制得林字

张 说

东壁[1]图书府,西园[2]翰墨林。
诵诗闻[3]国政,讲易见天心[4]。
位窃[5]和羹[6]重,恩叨[7]醉酒深。
载歌春兴曲[8],情竭[9]为知音。

【注释】

〔1〕东壁:二十八宿之一,古人认为它是掌管天上文章图书的秘府。〔2〕西园:曹植曾建西园以招文士。〔3〕闻:从中听到。〔4〕天心:天意。〔5〕窃:作者自谦之词。〔6〕和羹:调和汤味。比喻宰相辅佐皇帝理政。〔7〕恩叨:承受恩泽。〔8〕春兴曲:充满春意的曲子,指本诗。〔9〕情竭:尽情。

【译文】

丽正殿书院有如天上东壁星主管的文章图书秘府,又像曹魏时的西园那样聚集了许多人才。诵读《诗经》可以了解治国之策,讲解《易经》可以理解天地的奥妙。我窃居宰相的高位,负有辅佐皇帝的重任,受到皇帝赐酒痛饮的深恩。吟咏这首充满春意的诗歌,竭尽情思只为皇上的知遇之恩。

【赏析】

"应制"即奉皇帝之命作诗,"得林字"即以"林"字为韵。作者当时身为丞相,皇帝赐宴赏酒,作者对皇帝不胜感激。这首应制诗笔法洗练,对偶工整。

送友人

李 白

青山横北郭[1],白水绕东城。
此地一为别,孤蓬[2]万里征。
浮云游子意,落日故人情。
挥手自兹[3]去,萧萧班马[4]鸣。

【注释】

[1]北郭:北边的外城。[2]孤蓬:断根的蓬草,多用

来比喻漂泊在外的旅人。〔3〕兹：此。〔4〕班马：离群的马，此指离别的马。

【译文】

山峦青翠横卧在城池的北面，河水清澈弯弯曲曲绕过东城。我俩今天在此分别，你将像蓬草一样万里飘零。游子的行踪像浮云般飘浮不定，西下的落日好比朋友的依恋之情。你挥手告别我上了路，你那离群的马也发出萧萧的嘶鸣。

【赏析】

这是一首送别诗，语言流畅自然，言简意深。首联形象地描绘了作者与友人分别时的场景。颔联用孤蓬比喻友人即将开始孤苦漂泊的生活。颈联以浮云比喻游子漂泊四方，以落日比喻自己和友人的相依不舍。尾联更为煽情，当两人分别挥手而去时，马儿也昂首鸣叫。诗人以各种景物烘托出与友人分别时难舍难分之情，全诗用典自然，有极强的艺术感染力。

送友人入蜀

李白

见说蚕丛[1]路,崎岖不易行。
山从人面起,云傍马头生。
芳树笼秦栈[2],春流绕蜀城。
升沉[3]应已定,不必问君平[4]。

【注释】

[1]蚕丛:传说为古蜀开国帝王,代指蜀地。[2]秦栈:秦时的栈道。[3]升沉:指官场的得失。[4]君平:汉代严遵,字君平,以占卜为生。

【译文】

听说古代蜀帝蚕丛时候的路,崎岖不平险阻难行。山崖从人的脸旁突兀而起,白云飘浮撩过马的头。绿树笼罩着秦时的栈道,春水环绕着蜀地古都。人生命运浮沉早已注定,不必再问算命的严君平。

【赏析】

这首送别诗写得别开生面,饶有韵味。诗的重点落在"入蜀"二字上,从一开始就极力形容山壁的陡峭和道路的高危难

行。颔联"山从""云傍"两句,形象地表现了山路的高险,是首联的补充。颈联点明题意,描绘了秦栈蜀城的优美景色。尾联写诗人劝慰友人到蜀地后不必问卜,要坦然面对多难的人生。全诗笔法变化多端,含义深刻,是送别诗中的精品。

次北固山下[1]

王湾

客路青山外,行舟绿水前。
潮平[2]两岸阔,风正[3]一帆悬。
海日生残夜,江春入旧年[4]。
乡书何处达,归雁洛阳边。

【注释】

〔1〕次:停留,到。北固山:今江苏省镇江市北。〔2〕潮平:江水高涨而又平静。〔3〕风正:形容风顺。〔4〕入旧年:

江南春早,年还未过就已有春意。

【译文】

　　行走异乡的路正经过青山边,小船航行在绿水间。潮水涨平江面更加宽阔,顺风行船白帆高悬。海上的朝阳从将尽的夜色中升起,江上的春天来到送走旧年。家信不知怎样才能送到,希望北归的大雁捎到洛阳去。

【赏析】

　　王湾,唐洛阳人,玄宗先天年间进士及第,曾入秘阁校书,官至洛阳尉,颇有诗名,其诗格调高远,遗憾的是流传下来的作品很少。此诗是作者途经江苏北固山时所作,诗开头就描绘了一幅青山绿水、视野开阔的美丽图画。颔联既写出了长江的宽阔,又是诗人宽广胸怀的写照,是千古名句。夜尽天晓、江南春早,一切在诗人眼里都是那么美妙,虽然结尾寄寓游子之情,却并无伤感之慨。全诗气象高远,意境深邃,是盛唐时期的代表诗作。

苏氏别业

祖 咏

别业居幽处,到来生隐心[1]。
南山当户牖[2],沣水[3]映园林。
竹覆经冬雪,庭昏未夕阴[4]。
寥寥[5]人境外,闲坐听春禽。

【注释】

〔1〕隐心:隐居之心。〔2〕牖(yǒu):窗户。〔3〕沣(fēng)水:水名,源出终南山。〔4〕未夕阴:还未到黄昏。〔5〕寥寥:空寂,人迹罕至。

【译文】

苏氏园林坐落在幽静的环境中,来到这里就叫人想辞官归

隐。窗外是高耸的终南山，沣水映出园林的倒影。翠竹上残留着未化的雪，还未到傍晚庭院就已昏暗无光。寂静无人像置身于世外，我悠闲独坐听春鸟欢鸣。

【赏析】

祖咏，唐洛阳人，玄宗开元年间中进士，其诗多描写山水田园，与王维、孟浩然风格相近。此诗着重描写苏氏园林的幽静，使人产生归隐之心。诗中描写了园林内外的景色，点明"幽"字，使人对苏氏园林有了更深的印象。结尾归结到诗人自己，与开头呼应，使全诗形成一个整体。此诗意境恬淡，映射出诗人内心的淡泊，是一篇情景交融的佳作。

春宿左省

杜 甫

花隐掖垣[1]暮，啾啾栖鸟过。
星临万户动，月傍九霄[2]多。
不寝听金钥[3]，因风想玉珂[4]。
明朝有封事[5]，数问夜如何。

【注释】

〔1〕掖垣：皇宫的墙壁，此处指门下省。〔2〕九霄：这里指皇宫。〔3〕金钥：铜钥匙。这里指开锁的声音。〔4〕玉珂：马身上的玉佩饰。这里指朝臣乘马上朝。〔5〕封事：大臣向皇帝上奏的书札都用袋封缄，以防泄密。

【译文】

黄昏时分,百花隐没于宫墙内,归巢的鸟儿回到林中。星临宫中,千门万户似在闪动,高耸入云的宫殿像是得到了更多的月光。不能入睡,

听得见宫中的开琐声;风一吹来就想到早朝时马玉饰发出的声音。明日早朝有密封的奏章要上报,多次问人家现在是夜里什么时候了。

【赏析】

此诗作于唐肃宗乾元元年(758),当时诗人任左拾遗。诗开头描写了宫廷夜色:百花隐没,栖鸟还巢,星光闪耀,月光如水,映照得皇宫气象万千。诗人夜不能寐,一直留意着打开宫门的声音,由风吹屋檐的铃铎声而想到百官上朝的马玉饰相碰撞的声音,结尾点明夜不能寐的原因:原来明天自己有事上奏。至此,诗人恪尽职守、忧国忧民的形象立即凸现出来。

题玄武禅师屋壁

杜 甫

何年顾虎头[1],满壁画沧州[2]。
赤日石林气[3],青天江海流。

锡[4]飞常近鹤，杯渡不惊鸥。
似得庐山路，真随惠远[5]游。

【注释】

[1]顾虎头：指东晋画家顾恺之，小字虎头。[2]沧州：临水的地方。[3]气：云雾。[4]锡：僧人用的锡制佛杖，这里指佛寺。[5]惠远：东晋高僧，曾主持庐山东林寺。

【译文】

不知顾恺之在什么时候，在这墙壁上画了山水画。石林在红日映照下云雾缭绕，蓝天白日连接着江海碧流。画中佛寺靠近道观，高僧以木杯当船过海，连海鸥都没有被惊动。我好像找到了去庐山的路，真愿随惠远和尚云游四海。

【赏析】

这是一首题画诗，诗开头就提到东晋著名画家顾恺之，赞美壁画之精妙。接着描写了画中的景物——赤日石林、青天江海，以及壁画中的佛教人物故事，所用典故贴切自然，不着痕迹，毫无堆砌之感。结尾将玄武禅师比作东晋高僧惠远，赞扬玄武禅师德行高深。全诗笔法精熟，结构严谨，同时也说明诗人鉴赏绘画艺术的能力极强。

终南山

王 维

太乙[1]近天都[2],连山到海隅。
白云回望[3]合,青霭入看[4]无。
分野[5]中峰变,阴晴众壑殊。
欲投人处宿,隔水问樵夫。

【注释】

〔1〕太乙:终南山的别名,是秦岭主山峰之一。〔2〕天都:指长安。〔3〕回望:四面望去。〔4〕入看:走近细看。〔5〕分野:古人将天上星宿与地上对应,分成若干区域,称为分野。

【译文】

终南山临近长安城,山连着山一直蜿蜒到海边。回头四望来时路,白云缭绕连成一片,云霭青烟近看似无似有。山的最高处成了地域分野的界标,阳光照射下许多山谷明暗不同。天晚了想找户人家投宿,隔溪询问砍柴的樵夫。

【赏析】

这是一首写景的名诗,诗中有画是这首诗最大的特点。终南山的主峰紧靠长安,又绵亘不断延伸到海边,白云缭绕,云霭

似有似无。广袤的终南山区域辽阔,众山谷有晴有阴,呈现出不同的景象。诗人以浓重的笔墨,描绘了朝晖夕阴、气象万千的终南诸峰。《唐诗别裁》中沈德潜评曰:"或谓末二句似与通体不配,今玩其语意,见山远而人寡也,非寻常写景可比。"

寄左省杜拾遗

岑 参

联步[1]趋[2]丹陛[3],分曹[4]限紫薇[5]。
晓随天仗[6]入,暮惹御香[7]归。
白发悲花落,青云羡鸟飞。
圣朝无阙事[8],自觉谏书稀。

【注释】

〔1〕联步:同行。〔2〕趋:碎步快走。〔3〕丹陛:宫殿里的红色台阶,借指朝廷。〔4〕分曹:分班。〔5〕紫薇:中书省。〔6〕天仗:帝王的仪仗。〔7〕御香:大殿上的炉香。〔8〕阙事:缺点,过失。

【译文】

你我并肩小跑着迈上宫殿的红色台阶,按照职属分列两旁,我站在中书省一旁。清晨跟随皇帝的仪仗入殿,傍晚带着一身殿上的香气回家。白发暮年悲叹花儿凋落,鸟儿高飞直上青云令人羡慕。圣明时代天子没有什么过失,自己也觉得提批评建议的奏章越来越少。

【赏析】

唐肃宗时,岑参与杜甫曾同任谏官之职,一为补阙,一为拾遗,二人经常吟诗唱和,此诗就是在肃宗至德二年至乾元元年(757—758)初所作。诗的前半部颇为细致地描写了自己与杜甫联袂上朝的情景,下半部则借白发感叹壮志难酬,自己身为谏官却无事可谏,暗中寄寓了诗人对肃宗自诩圣明的失望,全诗委婉有致,耐人寻味。

登总持阁

岑 参

高阁逼诸天,登临近日边。

晴开万井[1]树，愁看五陵[2]烟。
槛外低秦岭，窗中小渭川[3]。
早知清净理[4]，常愿奉金仙[5]。

【注释】

〔1〕井：指长安街道四方如井。〔2〕五陵：长安西北的汉代五陵。〔3〕渭川：渭河。〔4〕清净理：参禅修行之理。〔5〕金仙：佛像。

【译文】

高耸的楼阁直插云天，登临阁顶仿佛靠近了太阳边。晴空下，万家街巷的树木清晰可见，五陵上空飘浮的云烟使人悲愁无限。凭靠栏杆，看那秦岭显得低矮；站在窗边，看那渭水也变得细小。早知清静修道是如此畅快，愿当和尚永远侍奉佛仙。

【赏析】

此诗开篇便极力描写总持阁的高，似乎接于云天，靠近太阳。接着写登临总持阁后极目所见，八百里秦川、五陵烟霭都历历在目，秦岭显得低矮，渭水变得细小，这都是说明总持阁之高。最后诗人受到总持阁的启发，悟出高深的佛理。全诗气势雄伟不凡，由景生情，笔法老到，显示出诗人精湛的艺术功力。

登兖州城楼
杜 甫

东郡[1]趋庭[2]日,南楼纵目初。
浮云连海[3]岱[4],平野入青徐[5]。
孤嶂秦碑在,荒城鲁殿[6]余。
从来多古意[7],临眺[8]独踌躇。

【注释】

〔1〕东郡:兖州。〔2〕趋庭:本指随侍父母,这里指看望父亲杜闲。〔3〕海:黄海。〔4〕岱:泰山的别称。〔5〕青徐:青州、徐州。〔6〕鲁殿:灵光殿,建于汉代,旧址在今山东曲阜。〔7〕古意:怀古的情思、心绪。〔8〕临眺:临高远眺。

【译文】

我到兖州看望父亲的日子里,初次登上南楼放眼远望。无尽的浮云与东海和泰山相连,辽阔无垠的绿色原野一直延伸到青州和徐州。秦代的碑刻仍然矗立在孤高耸立的山上,灵光殿的残迹尚在荒芜的城中。我向来容易感时伤古,登高远眺自然有无限感慨在心头。

【赏析】

唐开元二十三年（735），杜甫举进士下第后，到兖州看望身为兖州司马的父亲杜闲，这首诗就是他在兖州城楼上所作。诗人以精到的笔法，细致地描绘了登楼后所见的景物，气象开阔，绵延千里，又有秦碑鲁殿，千年的历史令人感慨万千。诗人面对这一切，情绪伤感，无限惆怅。诗歌情景交融，对仗工整，是杜甫早期力作。

送杜少府之任蜀州
王 勃

城阙[1]辅[2]三秦[3]，风烟[4]望五津[5]。
与君离别意，同是宦游人。
海内存知己，天涯若比邻。
无为在歧路[6]，儿女共沾巾。

【注释】

〔1〕城阙：这里指长安。〔2〕辅：护卫。〔3〕三秦：指长安附近的关中地区。〔4〕风烟：风光烟色，美好的景色。〔5〕五津：五个渡口，这里泛指蜀川。〔6〕歧路：岔路，这里

指分别之处。

【译文】

三秦大地护卫着长安城,风烟迷茫中遥望蜀川。与你道别时情意深重,咱们同是宦海浮沉的友人。四海之内总会有知己存在,即使远隔天涯心却像近邻。所以不要在这分别的岔路上,像小儿女那样让泪水沾湿手巾。

【赏析】

王勃,字子安,绛州龙门(今山西河津)人,"初唐四杰"之一,曾任虢州参军,不久被革职,其父受牵连被贬为交趾令。这是一首著名的赠别诗。诗开头借景抒情,对仗工整。颔联对应,自然灵活,表达了诗人与友人难舍难分之情,抒发了同为宦游人的感受。颈联是对友人的劝慰,积极乐观,给人以极大鼓舞,成为千百年来脍炙人口的佳句。尾联是对友人殷切的叮咛,诗人与友人的深厚情谊跃然纸上。全诗情深意长,境界开阔,是历代传诵的名作。

送崔融

杜审言

君王行[1]出将[2],书记[3]远从征。
祖帐[4]连河阙,军麾[5]动洛城。
旌旗朝朔气[6],笳吹夜边声。

坐觉烟尘[7]扫，秋风古北平[8]。

【注释】

[1]行：将要。[2]出将：派将领出征。[3]书记：指崔融。[4]祖帐：饯行时搭的帐篷。[5]麾：旗帜。[6]朔气：北方的寒气。[7]烟尘：比喻战争。[8]北平：郡名。这里泛指北方边地。

【译文】

皇帝命将出征，崔掌书记也将随军远征。饯行的帐幕一直蜿蜒至伊阙，军旗浩荡震动了洛阳城。清晨，大军迎着凛冽的寒风前进；夜晚，只能听到边塞的胡笳声。顿时觉得战争已经结束，秋风从北方送来戍边胜利的消息。

【赏析】

唐万岁登封元年（696），李尽忠反叛，武则天诏梁王武三思率军御敌，临行之前，在洛阳城北设筵饯行，当时崔融以节度使幕府掌书记身份随军出征，诗人就写了此诗为其送行。此诗集中笔墨描绘军事行动，气象颇为壮观：饯行的帐幕一直蜿蜒至伊阙，无数军旗摇撼，连洛阳城都惊动了。诗人由此联想到军队到达北方边境，所向披靡，战无不胜，表现出对友人的称颂。全诗前后呼应，联想丰富，在送别诗中独具一格。

扈从登封途中作
宋之问

帐殿[1]郁崔嵬[2],仙游[3]实壮哉!
晓云连幕卷,夜火[4]杂星回。
谷暗[5]千旗出,山鸣[6]万乘来。
扈从良可赋,终乏掞天才[7]。

【注释】

〔1〕帐殿:用帐幔搭成的宫殿。〔2〕崔嵬:高大的样子。〔3〕仙游:指皇帝出巡。〔4〕夜火:夜晚的灯火。〔5〕谷暗:形容山谷幽深。〔6〕山鸣:山间发出轰鸣声。〔7〕掞(yàn)天才:形容非常有文采。

【译文】

用锦帐围成的宫殿华美高大,皇帝出巡的场面实在雄伟壮观啊!清晨云雾连同帐幕随风飘动,夜间灯火夹杂星光缭绕回旋。幽深的山谷涌出千面旗帜,天子车驾到来,山中响起高呼万岁的声音。侍从皇帝出游真应该作赋颂扬,但终究还是缺乏光彩耀天的才华。

【赏析】

宋之问,一名少连,字延清,汾州西河(今山西汾阳)人,唐上元二年(675)中进士,与沈佺期齐名,并称"沈宋"。宋之问有诗名,但人格卑下,喜好趋炎附势。这首诗写于天册万岁二年(696),是描述武则天登封嵩山时的情景。首联极言皇帝出巡气势的壮观。第二、三联笔法生动,气象开阔,颇能展现当时风貌。结尾自谦缺乏揆天之才,结构完整,诗意浓浓。

题义公禅房

孟浩然

义公习禅寂[1],**结宇**[2]**依空林。**
户外一峰秀,阶前众壑[3]**深。**
夕阳连雨足[4],**空翠**[5]**落庭阴。**
看取莲花净[6],**方知不染心。**

【注释】

〔1〕习禅寂:习惯于佛教清寂的环境。〔2〕结宇:构屋居住,造房。〔3〕壑:山谷。〔4〕雨足:雨的踪迹。〔5〕空翠:空明苍翠。〔6〕莲花净:佛教中莲花是清净高洁的象征。

【译文】

义公习惯于佛教清寂的环境,将房子建在空寂的树林中。

庙门外一座秀丽的山峰傲然挺立，台阶前众多的山谷深不见底。一场大雨后夕阳出现，树木明净的绿色映落在幽暗的庭院。看到庭院池中的莲花那般洁净，才知道义公有着莲花般一尘不染的襟怀。

【赏析】

唐代佛教盛行，诗人与僧人交往颇多，因此有许多题赠寺院的名作，此诗即是。诗中以"寂""空"两字，细致地描绘了禅房四周的景色，以此衬托出义公潜心修禅、远离尘世的清净之心。第二、三联描写山中夏日的景象，峰秀壑深，雨后夕阳，树木明净。最后点题，赞扬义公心如莲花净，不染俗世尘。此诗构思巧妙，静中有动，诗风清新自然。

醉后赠张九旭
高适

世上漫^[1]相识，此翁^[2]殊不然。
兴来书自圣^[3]，醉后语尤颠^[4]。
白发老闲事，青云^[5]在目前。
床头一壶酒，能更^[6]几回眠。

【注释】

〔1〕漫：散漫，随便。〔2〕此翁：指张旭。〔3〕圣：达到圣境，形容书法高妙。〔4〕颠：癫狂。张旭有"张癫"

之称。〔5〕青云：比喻隐居。〔6〕更：还。

【译文】

世上的人都能随便结交朋友，唯独这位老人与众不同。兴致来时信笔挥毫书法高妙，喝醉之后说话癫狂。白发苍苍后更以悠闲自乐为事，隐居的生活就在眼前。床头常放着一壶酒，今后还能有几回这样的酣畅醉眠呢？

【赏析】

张旭是唐代草书大家，与怀素并称"癫张醉素"，其草书笔走龙蛇，奔雷电掣，代表作有《古诗四帖》。诗人在诗中对张旭的书品和人品都做了生动的描述，开头就赞许张旭的真诚，并以此为脉络，讲述了张旭不为名利所动、不与世人滥交的高尚品格。杜甫也曾在《饮中八仙歌》一诗中说："张旭三杯草圣传，脱帽露顶王公前，挥毫落纸如云烟。"

玉台观
杜 甫

浩劫[1]因王[2]造，平台访古游。
彩云[3]萧史[4]驻，文字鲁恭[5]留。
宫阙通群帝[6]，乾坤到十洲[7]。
人传有笙鹤[8]，时过北山头。

【注释】

〔1〕浩劫：这里指宫殿的台阶。〔2〕王：指滕王李元婴。〔3〕彩云：指宫观壁画中的彩云。〔4〕萧史：传为秦穆公时人，善吹箫。〔5〕鲁恭：鲁恭王刘余，汉景帝之子。〔6〕群帝：五方之帝，道教认为天有群帝。〔7〕十洲：古代传说中仙人居住的十个岛屿，泛指四海之地。〔8〕笙鹤：传说周灵王太子晋，字子乔，好吹笙，作凤鸣，后来骑白鹤乘仙而去。

【译文】

玉台观是滕王所建造，我有幸来到这里访古游览。壁画上那彩云莫非是萧史踩过的，这碑文像鲁恭王亲手刻修的。道观高入云端直通天上群帝的住处，道观广大能延伸到海外仙人居住的十洲。人们传说有吹笙骑鹤的仙人，时常飞过道观北面的山头。

【赏析】

这是一首描述景物的诗。因玉台观是道观，所以诗人在诗中多使用历史典故和道教神话传说，从各方面来描述玉台观的特色。杜甫诗中这种写法很少见。

观李固请司马弟山水图

杜 甫

方丈[1]浑连水，天台[2]总映云。
人间长见画，老去[3]恨空闻。

范蠡[4]舟偏小，王乔[5]鹤不群。
此生随万物，何处出尘氛。

【注释】

〔1〕方丈：传说中的海外三神山之一，这里指画中的仙境。〔2〕天台：山名，在今浙江天台县。〔3〕老去：指自己人已老。〔4〕范蠡：春秋时越国大夫，后弃官泛舟而去。〔5〕王乔：王子乔，传说他乘鹤飞升而去。王乔鹤后来比喻洒脱不凡之人，或指鹤。

【译文】

方丈山与茫茫大海连成一片，霭霭的云雾掩映着天台。这样的仙境在画中经常看到，而我人已老迈却只空闻其名，未曾亲身游览。范蠡功成名就后急流勇退，王子乔乘白鹤飞升而去。我的一生只能随着万物浮沉进退，到哪里才能逃离这凡尘俗世。

【赏析】

这是一首题画诗。诗开头描写画中的景物——水连仙山，云绕天台，这种仙境有许多人都曾画过。接着感叹自己已到迟暮之年，还未曾去过。再下来引用两个典故以抒情：扁舟轻荡，孤鹤啼鸣，看来此生要顺随万物浮沉进退，不能逃离俗世了。此诗极力赞美画中的仙境，委婉地表达了诗人对现实的不满。

旅夜书怀

杜 甫

细草微风岸[1],危[2]樯[3]独夜舟。
星垂[4]平野阔,月涌[5]大江流。
名岂文章著[6],官因[7]老病休。
飘飘何所似,天地一沙鸥。

【注释】

[1]岸:江岸。[2]危:高。[3]樯:桅杆。[4]垂:低垂着。[5]涌:涌起,升起。[6]著:著称。[7]因:应该,想必。

【译文】

江岸的小草在微风中摇摆,夜泊岸边的孤舟高耸着桅杆。原野平旷空阔,漫天星斗好像从天空垂下一样;长江奔腾不息,月亮好似从江面上涌现。我是因为会写文章才出名的吗?解官撤职是因为我年老多病。到处漂泊的我像什么?就像天地间一只渺小的沙鸥。

【赏析】

唐代宗永泰元年五月,杜甫受人排挤,被迫辞去工部员外郎之职,携家眷离开成都,经过渝州、忠州,九月才到达云安(今重庆云阳)。此诗是在旅途舟中所作。诗的前半部写景,后半部抒情,虚实相生,情景交融,鲜明生动,阔大高远。其中"星垂平野阔,月涌大江流""飘飘何所似,天地一沙鸥"更是千古名句。

登岳阳楼

杜 甫

昔闻洞庭水,今上岳阳楼。
吴楚东南坼[1],乾坤日夜浮。
亲朋无一字,老病有孤舟。
戎马[2]关山北,凭轩[3]涕泗流。

【注释】

〔1〕坼(chè):裂开,分开。〔2〕戎马:这里指战争。〔3〕轩:窗。

【译文】

从前就听说了洞庭湖的名气，今天终于登上了岳阳楼。吴楚两地被湖水从东南分割开，天地好像在湖水中日夜悬浮。亲戚朋友杳无音讯，我年老多病仅随一叶孤舟四处漂流。北方边地战事又起，我倚着楼窗忍不住涕泪横流。

【赏析】

唐代宗大历三年（768）冬，杜甫携家眷从公安（今在湖北境内）到岳阳，登楼远眺，触景生情，写下了这首千古名作。这首诗悲慨中不乏雄伟壮阔的意境，是历代传诵的写洞庭湖的名作之一。诗人以其深厚的笔墨功力，高度概括了洞庭湖上烟波浩渺的开阔景象。抒发了自己辛苦奔波、报国无门的忧思。全诗结构严谨，感人至深。

江南旅情
祖 咏

楚山不可极，归路但[1]萧条。
海色[2]晴看雨，江声夜听潮。
剑留南斗[3]近，书[4]寄北风遥。
为报空潭橘[5]，无媒寄洛桥[6]。

【注释】

〔1〕但：只。〔2〕海色：海上日出的景色。〔3〕南斗：

星名，其分野正对吴地。〔4〕书：书信。〔5〕空潭橘：昭潭附近所产之橘。〔6〕洛桥：洛水上的天津桥，这里代指洛阳。

【译文】

连绵的楚山望不到尽头，返回故乡的路一片萧条。白天看海上日出，朝霞满天，知道要下雨了；夜里听到江声，知道江潮要来了。如今我逗留在这远方的吴地，路途遥远，寄信回家分外困难。昭潭的橘子熟了，可惜没有人能带到我的家乡洛阳去。

【赏析】

这首诗是诗人在外的思乡之作。诗的开头就叙述诗人欲归又不能的苦闷心情。楚山都看见了，更何况回家的路呢？无奈这思乡之情无法排遣，所以虽然看到海上云霞，听到江中夜潮，也并不觉得新奇，反而更加思念家乡。全诗语言清新自然，情景交融。

宿龙兴寺

綦毋潜

香刹夜忘归，松清古殿扉[1]。
灯明方丈室，珠系比丘衣。
白日传心净，青莲喻法微[2]。
天花落不尽，处处鸟衔飞。

【注释】

〔1〕扉:门。〔2〕微:精微。

【译文】

白天来龙兴寺,夜晚忘了返回,松树苍翠,掩映着佛殿的大门。灯火照亮方丈的禅房,念珠系在僧侣的法衣上。长老传法时心像白日那样明朗清净,佛法的精微就像青莲般洁净芬芳。引得天花纷纷飘落,被鸟儿衔着四处飞翔。

【赏析】

綦(qí)毋潜,字孝通,荆南(今属湖北江陵)人,唐开元年间进士,任右拾遗,官终著郎。所作之诗多写山林物外之情,风格清新,恬淡自然。此诗是作者春游龙兴寺时所作。诗人看到古殿门上的松影及四周清幽的环境,乐而忘返,遂借宿寺中,晚上跟随僧人做晚课,领略佛法之精微。结尾展开想象,使全诗灵动隽秀。

题破山寺后禅院
常 建

清晨入古寺,初日[1]照高林。
曲径通幽处,禅房花木深。
山光悦[2]鸟性,潭影空人心[3]。
万籁[4]此俱寂,惟闻钟磬[5]音。

【注释】

〔1〕初日：刚升起的太阳。〔2〕悦：欢快，活泼。〔3〕人心：人的心性。〔4〕籁：自然界的声响。〔5〕钟磬：寺院里的两种乐器，诵经、斋供时用以敲击的信号，发动时用钟，终止时用磬。

【译文】

清晨信步走进古寺，朝阳照耀着高高的树林。弯弯的小路通向幽深之处，禅房掩映在绿荫之中。美丽的山中风光引来鸟儿欢唱，潭水清澈，映出的倒影让人心变得空净澄明。此时天地间的一切声响都没有了，只听见僧人敲击钟磬的声音。

【赏析】

常建，唐代诗人，长安（今陕西西安）人，唐开元十五年（727）中进士，一生仕途颇不得意，只好寄情山水之间，其诗风格恬淡清幽。此诗全系白描手法，无抒情之句而情自在其中。

欧阳修曾说："吾常爱其'曲径通幽处，禅房花木深'，欲效其语作一联久不得，始知造意者难为工也。""无意于佳乃佳，自然天成"是评价此诗的最好词句。

题松汀驿

张 祜

山色远含空[1],苍茫泽国[2]东。
海明先见日,江白迥[3]闻风。
鸟道高原去,人烟小径通。
那知旧遗逸[4],不在五湖中。

【注释】

[1]含空:与天空相接。[2]泽国:多水的地方。[3]迥:远。[4]遗逸:隐居之人。

【译文】

无边的山色连接着遥远的天空,东南的水乡在苍茫的烟波中。浩瀚的湖水变亮是因为太阳初升,江上掀起白浪便能听到从远处吹来的风声。山路险峻,只有飞鸟才能通过,蜿蜒曲折的小路可以通向各个村落。哪里知道隐居之人,早已不在这五湖之中。

【赏析】

张祜,字承吉,中晚唐著名诗人,初居苏州,后到长安,受元稹排挤,一生布衣而终,有《张祜诗集》传世。这是作者离

开长安之后访友不遇题在壁上的诗。开头四句对吴地的风土景物进行高度概括：山色含空，泽国苍茫，海日江风，一望无际。山路险峻只有飞鸟能通过，小路连通着村落，静寂中蕴含着勃勃生机。诗人在结尾以浓重的笔触，表达自己对友人的无限思念。

圣果寺

释处默

路自中峰上，盘回出薜萝[1]。
到江[2]吴地尽，隔岸越山多。
古木丛青霭[3]，遥天浸白波。
下方城郭[4]近，钟磬杂笙歌。

【注释】

〔1〕薜萝：藤萝植物。〔2〕江：指钱塘江。〔3〕青霭：形容古木青翠的样子。〔4〕城郭：杭州城。

【译文】

凤凰山主峰的小路通往圣果寺,盘旋曲折的山路布满了藤萝。到了钱塘江边才知到了吴地的边界,对岸是山峦众多的越地。青葱翠绿的古木笼罩在烟雾之中,遥远的天边好像沉浸在白色的波浪里。山下的杭州城尽收眼底,寺中的钟磬声与世间的笙箫声交相混杂。

【赏析】

释处默,唐末诗僧,曾居住庐山,经常与贯休、罗隐等人交往。诗中运用白描手法,将圣果寺四周的景色按由远到近的顺序做了生动的描述:小路通向凤凰山上的圣果寺,山下的钱塘江分隔着吴越两地;满山的古木郁郁葱葱,远处水天一色,寺中悦耳的钟磬音与山下杭州城的笙歌交相混杂。诗人本是僧人,他笔下的寺庙自然别有韵味。

野 望

王 绩

东皋[1]薄暮望,徙倚[2]欲何依。
树树皆秋色,山山惟落晖。
牧人驱犊返,猎马带禽归。
相顾无相识,长歌怀采薇[3]。

【注释】

〔1〕东皋:作者归隐后的常游之地。〔2〕徙倚:徘徊。〔3〕采薇:薇是草本植物,叶可食。此指周武王灭商后,伯夷、叔齐不愿做周的臣子,隐居首阳山靠采薇度日。

【译文】

在东皋的黄昏里眺望,走走停停不知该依靠什么。所有的树林都镀上了金黄的秋色,座座山峰都沐浴在落日的余晖中。放牧的人驱赶着牛群回到村里,骑马打猎的人也带着猎物回家。顾盼过路的行人没有一个与我相识,禁不住长声高歌怀念那采薇而食的隐士。

【赏析】

王绩,字无功,自号东皋子。作者一生郁郁不得志,曾在隋代任秘书正字,初唐时,以原官待召门下省,后弃官隐居故乡。这首诗就是他隐居之后所写,诗中通过对东皋景物的描写,表达了诗人彷徨无依的情绪。诗中描绘出一幅有人有景的山村水墨图,作者也表明了自己长期隐居的决心。

送别崔著作东征

陈子昂

金天[1]方肃杀,白露[2]始专征[3]。
王师非乐战,之子[4]慎佳兵[5]。

海气侵南部^[6],边风扫北平。
莫卖卢龙塞^[7],归邀麟阁^[8]名。

【注释】

〔1〕金天：秋天。〔2〕白露：节气名，为立秋后的第三个节气。〔3〕专征：指将帅受皇帝之命全权指挥军队进行征伐。〔4〕之子：这里指崔融。〔5〕佳兵：指用兵。〔6〕南部：南部边陲。〔7〕卢龙塞：古代军事要塞，在今河北喜峰口附近。三国时田畴助曹操出卢龙塞，大败乌丸，曹操要对其封赏，田畴说："岂可卖卢龙之塞，以易赏禄哉？"最终没有受封。〔8〕麟阁：麒麟阁，汉代所建，在未央宫中，上画功臣图像以表彰其功勋。

【译文】

深秋时天地一片萧条之气，白露时分开始发兵征讨。朝廷的军队从来不好战，将帅要谨慎地用兵。敌军气焰嚣张向南杀来，我军如秋风扫落叶将北平之敌肃清。请你不要在卢龙塞滥杀无辜，好回来向朝廷邀功青史留名。

【赏析】

秋风萧瑟，白露为霜，此时朝廷正好出兵征战。诗人在诗中反复叮咛崔融，王师东征不能滥杀无辜，用兵一定要小心谨慎。语言虽然尖锐，但

表明了作者对当时恶劣风气的不满和对国家负责的态度。诗中既有军事建议,又有品德上的规劝,一片肺腑之言,无做作之态,情真意切。

携妓纳凉晚际遇雨(其一)

杜 甫

落日放船[1]好,轻风生浪迟。
竹深留客处,荷净纳凉时。
公子调冰水[2],佳人雪[3]藕丝。
片云头上黑,应是雨催诗。

【注释】

〔1〕放船:泛舟。〔2〕调冰水:用冰调冷水。〔3〕雪:作动词用,擦拭。

【译文】

夕阳西下正是登船游玩的好时候,轻风吹拂水面生起层层细浪。竹林深处是游客流连的好地方,荷叶碧绿正是纳凉的好时节。贵公子们用冰调制冷水来解暑,歌妓们涂脂抹彩梳妆打扮。忽然一大片乌云遮在头上,应该是雨要来催我作诗。

携妓纳凉晚际遇雨(其二)

杜 甫

雨来沾席上,风急打船头。
越女红裙湿,燕姬翠黛[1]愁。
缆[2]侵堤柳系,幔[3]卷浪花浮。
归路翻萧飒[4],陂塘五月秋。

【注释】

[1]翠黛:指女子的眉毛。[2]缆:拴船的缆绳。[3]幔:船上的布幔。[4]萧飒:萧条冷落。

【译文】

骤雨袭来浸湿了座席,暴风掀起波浪不断地拍打船头。越地佳人淋湿了红裙,燕地的美女愁眉不展。游船靠岸缆绳系在柳树上,布幔随着翻滚的浪花起伏摆动。回家的路上忽然觉得一片萧瑟,夏天的池塘让人感觉像秋天。

【赏析】

这两首诗是同时所写,内容紧密衔接,记述的是同一件事。"其一"写的是雨前纳凉游玩的场景,交代了时间、地点、人物,最后一句引出第二首诗的内容。"其二"写的是雨后归去时的情景,雨来得正急,大家狼狈不堪,歌伎们也愁眉苦脸。最后一句反险为平,使前面发生的故事有了完整的结尾。

宿云门寺阁

孙 逖

香阁东山下,烟花象外[1]幽。
悬灯千嶂[2]夕[3],卷幔五湖[4]秋。
画壁余[5]鸿雁,纱窗宿斗牛[6]。
更疑天路近,梦与白云游。

【注释】

〔1〕象外:物象之外,尘俗之外。〔2〕千嶂:千山。〔3〕夕:傍晚。〔4〕五湖:本指太湖及其附近湖泊,此指镜湖。〔5〕余:剩下。〔6〕斗牛:星宿名。

【译文】

东山脚下有座云门寺,远离尘世,繁花盛开,景象清幽。傍晚寺里点起明灯,可以看到环绕的千山,山风吹卷帐幔,想象五湖已到秋天。庙内壁画上只剩下鸿雁,纱窗上仿佛有星宿斗牛在歇宿。让我怀疑离上天的路很近,梦中与白云一起遨游。

【赏析】

此诗是诗人夜宿云门寺时有感而作。高高的云门寺中刚点上灯火,便可见层峦叠嶂的群山环绕,屋外送来阵阵秋风。壁画脱落,只剩下点点群雁,斗牛二宿似乎就在窗前寄宿。由此作者产生联想,离上天的路如此近,梦中可以与白云一起遨游。全诗结构巧妙,丝丝入扣,反映出此诗严谨而又浪漫的特点,表达了作者超然世外的思想。

秋登宣城谢朓北楼

李 白

江城如画里,山晚望晴空。
两水[1]夹明镜,双桥[2]落彩虹。
人烟[3]寒橘柚,秋色老梧桐。
谁念[4]北楼上,临风怀谢公[5]。

【注释】

〔1〕两水:指绕城的宛溪和句溪。〔2〕双桥:指溪上的

凤凰桥和济川桥。〔3〕人烟：这里指村落。〔4〕念：怀念。
〔5〕谢公：指谢朓。

【译文】

　　江城美得像是在画里，山色渐晚，我登上谢朓北楼远望晴空。两条河环绕宣城奔流，清澈如镜，江上两座桥像天上落下的彩虹。村落间泛起的薄薄寒烟缭绕于橘柚间，秋色茫茫，梧桐老去枯叶凋零。有谁知道我独在这北楼上，迎着秋风深深地怀念谢公？

【赏析】

　　李白在长安弃官而去后，于天宝十二年秋天再次来到宣城，在北楼上写下这首诗。全诗生动地刻画了宣城秋天的美丽景色：既有明镜般的宛溪和句溪，又有彩虹似的凤凰桥和济川桥；既有炊烟橘柚，又有老树梧桐。画面中的内容十分丰富，表达了自己对太守谢朓的怀念之情。全诗不仅有画，而且还有情，是一首脍炙人口的名诗。

望洞庭湖赠张丞相
孟浩然

八月湖水平[1]，涵虚[2]混太清[3]。
气蒸[4]云梦泽[5]，波撼[6]岳阳城。
欲济[7]无舟楫，端居[8]耻圣明[9]。

坐观垂钓者,徒有羡鱼情。

【注释】

〔1〕平:湖水齐岸,风平浪静。〔2〕涵虚:形容湖面广大。〔3〕太清:天空。〔4〕气蒸:水汽蒸腾。〔5〕云梦泽:古泽名。〔6〕撼:摇动。〔7〕济:渡水。〔8〕端居:闲居,指隐居。〔9〕圣明:皇帝圣哲明睿,任用贤明。

【译文】

八月的洞庭湖涨满后波平浪静,水和岸齐平,水天相连成一色。湖面水雾蒙蒙笼罩着云梦泽,波涛汹涌似乎把岳阳城撼动。想要渡湖苦于找不到船只,闲居山野,愧不能报效朝廷。坐看垂钓人的清闲宁静,我只有空怀羡慕之情。

【赏析】

唐开元二十一年,孟浩然来到长安,以此诗上呈当朝丞相张九龄,希望得到引荐。诗中极力描写了洞庭湖宏大壮阔的气势,格调雄浑,其中"气蒸云梦泽,波撼岳阳城"是千古传诵的名句。诗人通过描写望湖兴叹、欲济无舟的处境,委婉地表达出希望能得到张丞相的引荐。诗写得经脉分明,意理兼深,有极高的艺术造诣,是吟咏洞庭湖的名作之一。

过香积寺

王 维

不知香积寺,数里[1]入云峰。
古木无人径,深山何处钟。
泉声咽[2]危石,日色冷[3]青松。
薄暮空潭[4]曲,安禅[5]制毒龙[6]。

【注释】

〔1〕数里:走了数里路。〔2〕咽:呜咽。〔3〕冷:使变冷。〔4〕空潭:明净清澈的水潭。〔5〕安禅:安心坐禅,排除俗念。〔6〕毒龙:这里比喻妄想和欲念。

【译文】

不知道香积寺在何处,走了数里进入云雾缭绕的山峰中。古木参天,小径已经好久没有人走过了,可是这深山里响起的钟声又是从何处传来的呢?山泉淌过危崖叮咚幽咽,日光照着青松让人觉得阴冷。暮色依稀,我来到清澈的潭边,静心坐禅驱除种种妄念邪心。

【赏析】

这是王维的代表作之一。全诗并没有从正面去描写香积寺,而是从远到近,步步深入,先是古木参天,然后是深山钟声,不言山寺,而寺自在此诗中。这种手法比从正面描写更具艺术魅力。尾联才以"安禅"二字点出寺庙之所在,暗示出香积寺幽静深远,同时也使全诗达到与禅相通的超乎物外、得乎意中的境界。

送郑侍御谪闽中

高　适

谪去君无恨,闽中我旧过[1]。
大都[2]秋雁少,只是夜猿多。
东路云山合,南天瘴[3]疠[4]和[5]。
自当逢雨露[6],行矣慎风波[7]。

【注释】

〔1〕旧过:以前去过。〔2〕大都:大概。〔3〕瘴:瘴气。〔4〕疠:瘟疫。〔5〕和:混杂。〔6〕雨露:比喻帝王的恩泽。〔7〕慎风波:比喻的手法,劝诫友人处事要谨慎。

【译文】

被贬谪的你不必怨恨,我以前曾去过闽中。那里过冬的秋

雁少,夜里啼鸣的猿很多。一路向东走,山峦与云雾交融在一起,南部的瘴气瘟疫多混杂。你承蒙皇恩定会逢凶化吉,这一路上一定要谨慎小心。

【赏析】

朋友被贬福建,诗人作此诗进行劝慰,说那地方我以前也去过,只是秋雁比较少,夜里啼鸣的猿倒很多,沿途云雾绕山,山林间湿气很重,同时要特别注意那儿的瘴气和瘟疫。不过你承蒙皇恩,总会被赦免,望你一路上多加小心,好好保重。全诗语言通俗,如聊家常,娓娓道来,诗人对友人的关切之情溢于言表。

秦州杂诗

杜 甫

凤林^[1]戈未息,鱼海^[2]路常难。
候火^[3]云峰峻^[4],悬军^[5]幕井^[6]干。
风连西极^[7]动,月过北庭^[8]寒。
故老思飞将^[9],何时议筑坛^[10]。

【注释】

〔1〕凤林：凤林关，秦州境内，在今甘肃临夏西北。〔2〕鱼海：地名，秦州境内，当时常为吐蕃所侵扰。〔3〕候火：烽火。〔4〕峻：这里形容边地战争紧急。〔5〕悬军：孤军。〔6〕幕井：军营中有井盖的井。〔7〕西极：西部边境。〔8〕北庭：北庭都护府，唐六都护府之一。〔9〕飞将：西汉名将李广。〔10〕筑坛：刘邦曾筑坛拜韩信为将。

【译文】

凤林关一带战事未平，通往鱼海的道路十分难行。烽烟滚滚直升天空，像那高峻的山峰，深入敌方的孤军连吃水用的井都干了。边塞的大风好似撼动了西北边境，月亮过了北方的边庭，好像越发寒冷。边城的老百姓都思念李广那样的飞将军，不知皇帝什么时候能筑坛拜将。

【赏析】

杜甫得罪肃宗之后，被贬为华州司功参军，适时又逢关中闹饥荒，他只得弃职举家避居秦州，在秦州他作了二十首杂诗，描述他在当地的见闻以及国家离乱、个人遭遇等。这首诗是其中之一，诗中写出了凤林鱼海兵连祸结，唐军处境艰难，殷切希望朝廷派兵支援边地。全诗情感沉郁，用典贴切，表达了诗人忧国忧民的高尚情怀。

禹 庙
杜 甫

禹庙空山里,秋风落日斜。
荒庭垂橘柚,古屋画龙蛇[1]。
云气生虚壁,江深走白沙。
早知乘四载[2],疏凿[3]控三巴[4]。

【注释】

〔1〕龙蛇:大禹治水的情景。〔2〕四载:大禹治水时的四种交通工具。〔3〕疏凿:指开山疏流。〔4〕三巴:指古时巴郡、巴西郡、巴东郡,这里泛指四川一带。

【译文】

大禹庙建在空寂的山中,斜照的夕阳伴随着秋风阵阵。荒凉的庭院里树上挂满橘子、柚子,庙中的墙壁上画着龙蛇。江边的峭壁有云气喷薄,江中波涛汹涌,淘洗着江滩上的白沙。早就知道大禹当年乘坐舟、车、楯、樏治理水患,开凿河道将这三巴洪水疏通。

【赏析】

此诗是唐永泰元年秋天所作。大禹是我国古代治水英雄,诗中既描绘了禹庙四周的景象，也歌颂了大禹治水的功德。全诗有意有情，用典也十分自然，将诗人游禹庙时的感触抒发得淋漓尽致。《诗薮》评此诗："荒庭垂橘柚，古屋画龙蛇，杜诗用事入化处。然不作用事看，则古庙之荒凉，壁画之飞动，亦更无人可著语，此老杜千古绝技，未易追也。"

望秦川

李 颀

秦川朝望迥，日出正东峰。
远近山河净，逶迤[1]城阙重。
秋声万户竹，寒色五陵[2]松。
客有归欤[3]叹[4]，凄其[5]霜露浓。

【注释】

[1]逶迤（wéi yí）：连绵不断，曲折连续。[2]五陵：指汉代五座帝王陵墓。[3]归欤：回去吧。[4]叹：叹息。[5]凄其：寒冷的样子。

【译文】

清晨从长安出发，回头远望秦川大地，旭日从东面的山峰上升起。远近的山水是那般明净，连绵不断的城阙重重叠叠。秋风吹起，千家万户的竹林摇曳着，五陵的古松蒙上一层清冷的色彩。流落的我兴起了回家的感慨，满地的白霜叫人无限凄凉愁闷。

【赏析】

李颀,赵郡(今河北赵县)人,唐开元年间中进士,曾任新乡县尉,晚年在东川隐居。其诗格调高昂,内容丰富,诗人擅写各种体裁。此诗是诗人从长安失意而回在途中所作的作品,调子低沉阴郁。诗人半路回望秦川,秋风萧瑟,一片凄清,虽然日出东峰,山河明净,但在失意人眼里,这一切都笼罩在一片冷清的氛围之中,表达了诗人郁郁不得志的伤感。

同王征君洞庭有怀

张 谓

八月洞庭秋,潇湘水北流。
还家万里梦,为客五更愁。
不用开书帙[1],偏宜上酒楼。
故人京洛[2]满,何日复同游?

【注释】

〔1〕书帙：书籍。〔2〕京洛：指京都长安及东都洛阳一带。

【译文】

八月的洞庭湖一派秋色，潇水和湘江滔滔北流。梦中回到了万里外的家乡，客居异乡五更梦醒更生愁。无心打开书卷，最好是登上酒楼借酒消愁。朋友们大都住在长安和洛阳，何时才能与他们一道欢游？

【赏析】

张谓，字正言，怀州河内（今河南沁阳）人，唐天宝二年中进士，大历年间为潭州刺史，后官至礼部侍郎。其诗词精意深，讲究格律。这首诗是诗人与王征君泛舟同游洞庭时所作。全诗通俗自然，不事雕琢。诗中叙述了诗人久出未归，无心看书，上楼饮酒，再想到京洛友人，更是急切地想与他们同游，思乡之情跃然纸上。

渡扬子江

丁仙芝

桂楫[1]中流望，空波两畔明。
林开扬子驿[2]，山出润州[3]城。
海尽边阴静，江寒朔吹[4]生。

更闻枫叶下,淅沥度秋声。

【注释】

〔1〕桂楫:这里指船。〔2〕驿:驿站。〔3〕润州:唐代州名,在今江苏镇江市。〔4〕朔吹:北风。

【译文】

乘船在江心四望,两岸的景色清晰地映照在辽阔的水面上。树林的开阔处是扬子驿,润州城则矗立在群山中。江边阴凉寂静,北风吹过江面带来阵阵寒意。枫叶掉落的淅沥声,传递出让人悲愁的秋声。

【赏析】

丁仙芝,字元祯,润州曲阿(今江苏丹阳)人,唐开元十三年中进士,好交游,其诗仅存十四首。此诗写的是秋景:船儿随波漂流,两岸的景色映在辽阔的水面上,扬子驿在树林开阔处显现出来。润州坐卧在起伏的群山之中,江边寒意浓浓,枫叶飘落。该诗情文并茂,构思巧妙,是一篇不可多得的佳作。

幽州夜吟

张 说

凉风吹夜雨,萧瑟动寒林。
正有高堂宴,能忘迟暮心。

军中宜剑舞,塞上重笳音[1]。
不作边城将,谁知恩遇深。

【注释】

[1]笳音:边地吹奏笳管的声音。

【译文】

冰凉的风吹着夜里的雨,萧瑟秋声搅动着寒林。高大的厅堂里正举行宴会,但怎能使我暂时忘掉自己的迟暮之心?军中的宴乐常是拔剑而舞,边塞的音乐多是胡笳的乐声。如果不是做这戍边的将领,我怎么知道皇上对我恩遇之深呢!

【赏析】

张说因与姚元崇不和,被贬为相州刺史,接着又迁为岳州刺史,后得苏颋援助,才以右羽林将军的身份任幽州都督。此诗就是在幽州都督府的夜宴中所作。诗一开头就露愁意,接着叹息自己已生迟暮之心,感叹边关生活的单调,只好以剑舞笳音来排遣忧愁。最后他似乎醒悟过来:要不是做幽州都督,又怎么会知道皇上对我的恩宠呢?诗中暗含诗人对现实的无奈。